當代名家叢書·趙園選集

北京：城與人

上冊

趙園　著

目次

上冊

下冊

小引

這不是一部研究北京文化史的書，也不是研究北京文化的某一具體門類的書。我在本書中想要談論的，是城與人，一個大城與它的居住者，一個大城與它的描繪者。在出發的時候我的意圖只在探尋城與人的關係的文學運算式，卻終於被題目帶到了事先並未擬定或並非位居目的中心的地方。我越來越期望借助於文學材料探究這城、這城的文化性格，以及這種性格在其居民中的具體實現。本書對於這一研究方向僅夠作成一種開端而已。我很明白我手中材料的性質和使用中的限制。這不是可供對北京文化做充分描述的文化史材料，這是一些文學作品。它們的價值也正在於是文學作品。因而不但其所描述的，而且其所以描述、以至描述者的自身形象，都可以在一種眼光下被利用。我相信文學對於文化形態及其包含的文化關係的把握，有時比之史料的鋪陳更有價值。只是這種意義上的運用，不應超出材料性質所限定的範圍罷了。

經由城市文化性格而探索人，經由人那些久居其中的人們，和那些以特殊方式與城聯繫，即把城作為審美對象的人們搜尋城，我更感興趣於其間的聯結，城與人的多種形式的精神聯繫和多種精神聯繫的形式。當我試圖講述城對於人的塑造，和對於創造其形象者藝術思維的干預時，不能不暗自懷著興奮。因為這也屬於人與其生存世界間的神秘聯繫，是他們共用的一份秘密。我是否多少說出了一點這秘密呢？回答應當是本書讀者們的事，我不敢過分自信。我所能肯定的僅僅是，在寫作本書的過程中，我發覺自己與這城的關係被改變了。我將難以擺脫有關城的以文字形式明確化了的認識，難以抗拒城對於我個人精神生活的越來越深入的參與。我比以往任何時候都更敏感於這城的巨大呼吸。一種感覺一旦蘇醒，它會不斷擾人，使人喪失了一份安寧。誰說這不也是為研究、寫作所支付的代價？

城與人

一 鄉土—北京

如果說有哪一個城市，由於深厚的歷史原因，本身即擁有一種精神品質，能施加無形然而重大的影響於居住、一度居住以至過往的人們的，這就是北京。北京屬於那種城市，它使人強烈地感受到它的文化吸引正是那種渾然一體不能辨析不易描述的感受，那種只能以「情調」、「氛圍」等等來做籠統描述的感受從而全身心地體驗到它無所不在的魅力：它親切地鼓勵審美創造，不但經由自身的文化蘊蓄塑造出富於美感的心靈，而且自身儼若有著「心靈」，對於創造者以其「心靈」來感應和召喚；它永遠古老而又恒久新鮮，同時是歷史又是現實，有無窮的歷史容量且不乏生機，誘使人們探究，卻又永遠無望窮盡……

親切近人，富於情調，個性飽滿以及所有其它概括，都顯得空洞而浮泛。北京拒絕抽象，它似乎只能活在個體人的生動感覺中。以這種方式「活著」，必得訴諸具體個人的經驗描述的，本身一定是藝術品的吧，而且一定是最為精美的那種藝術品。

北京，同時又比任何其它中國城市抽象。它的文化性格對於無數人，早已作為先於他們經驗的某種規定，以至它的形象被隨歲月厚積起來的重重疊疊的經驗描述所遮蔽而定型化了。這裏又有作為巨大的文化符號，被賦予了確定意義的北京。

> 舊北京的景象曾由居住在該城的某人士可能是艾德蒙・巴克豪斯爵士的一位朋友，但是未必算作「北京隱士」作過大概的敘述，他那非凡的吹擂又經休・特雷弗・羅珀作了一番令人神往的演義描繪。管他作者是誰，反正北京給我留下的印象是一座神秘莫測、色調微妙、差別細微的城市。它灰中泛青，褪色的黃圍牆內檀木清香繚繞，在朱門繡閣間飄浮。
>
> 這自然是生活中的夢幻，即便在當時也並不存在，其實也許根本不曾有過。但是這種印象卻深深地印在我的腦海中，不能磨滅。我似乎還能夠聽到深宅大院裏的綢衣窸窣聲、泉水濺潑聲和走在石板地上拖鞋的劈啪聲我想這些都是一種如同蜘蛛網一般勻稱精美的文化所發出的聲音。[1]

這顯然是已經被人們「文化模式化」了的北京，出諸集體創造，因而才有索爾茲伯裏做上述描繪時那種奇妙的熟悉感，像是耳熟能詳的故事，溫熟了的舊境，一個久被忘卻之後驀地記起的夢。

關於北京魅力，蕭乾講述過的最足稱奇：「著名英國作家哈樂德・艾克敦 30 年代在北大教過書，編譯過《現代中國詩選》，還翻譯過《醒世恒言》。1940 年他在倫敦告訴我，離開北京後，他一直在交著北京寓所的房租。他不死心呀，總巴望著有回去的一天。其實，這位現年已過八旬的作家，在北京只住了短短幾年，可是在他那部自傳《一個審美者的回憶錄》中，北京卻佔了很大一部分篇幅，而且是全書寫得最動感情的部分。」「使他迷戀的，不是某地某景，而是這座

1　〔美〕哈裏森・索爾茲伯裏：《捕捉新北京的故都餘韻》，載美國《紐約時報》星期日版，1985年2月10日。此據徐廣柱譯文。

古城的整個氣氛。」據蕭乾看來，這證明著北京對於人不止於「吸引」,「它能迷上人」。[2]

文人學士們不消說是北京的文化意義的當然解釋者。這只是因為惟他們有條件傳達那份共同經驗。又有誰能計數有過多少中國知識分子陶醉於北京情調，如同對於鄉土那樣對於這大城認同呢？

劉半農引過一首「痛愛北平」的老友的詩，寫北京如寫戀人：

三年不見伊，
便自信能把伊忘了。
今天驀地相逢，
這久冷的心又發狂了。

我終夜不成眠，
縈想著伊的愁，病，衰老。
剛閉上了一雙倦眼，
又只見伊莊嚴曼妙。

我歡喜醒來，
眼裏真噙著兩滴歡喜的淚，
我忍不住笑出聲來，

2　蕭乾：《北京城雜憶·遊樂街》第44頁，人民日報出版社1987年版。法國學者保羅·巴迪在介紹老舍小說法譯本《北京居民》時，也談到北京魅力：「……這魅力來自北京那些最狹窄的胡同，類似本世紀轉折時期他出生的那個胡同一樣；這魅力也來自古都大馬路盡頭那些雄偉的城門樓子，這些大馬路把城區分割成了一個一個方塊格」(《讀書》1984年第5期)。

「你總是這樣叫人牽記！」[3]

那一代文人中，郁達夫的愛北京或也如是的吧。他正是那種與北京性情相諧的中國知識分子。

中國的大都會，我前半生住過的地方，原也不在少數；可是當一個人靜下來回想起從前，上海的鬧熱，南京的遼闊，廣州的烏煙瘴氣，漢口武昌的雜亂無章，甚至於青島的清幽，福州的秀麗，以及杭州的沉著，總歸都還比不上北京……的典麗堂皇，幽閒清妙。

……所以在北京住上兩三年的人，每一遇到要走的時候，總只感到北京的空氣太沉悶，灰沙太暗淡，生活太無變化；一鞭出走，出前門便覺胸舒，過蘆溝方知天曉，彷彿一出都門，就上了新生活開始的坦道似的；但是一年半載，在北京以外的各地除了在自己幼年的故鄉以外去一住，誰也會得重想起北京，再希望回去，隱隱地對北京害起劇烈的懷鄉病來。這一種經驗，原是住過北京的人，個個都有，而在我自己，卻感覺得格外的濃，格外的切。……[4]

能如此親切地喚起他鄉遊子對於故鄉、鄉土的眷戀之情的，是怎

3 劉半農：《北舊》（1929年12月），《半農雜文二集》第154-155頁，良友圖書公司1935年7月初版。

4 郁達夫：《北平的四季》（1936年5月），載1936年7月1日《宇宙風》第20期。同文中作者說自己的此文「聊作我的對這日就淪亡的故國的哀歌」。此文可與《四世同堂》關於北平四時的描寫相映照。

樣的北京！尤其在重鄉情、難以接受任何「鄉土」的替代物的中國。師陀用不同的筆墨述說的，是類似的「鄉土感」。

> 在我曾經住居過和偶然從那邊經過的城市中，我想不出更有比北京容易遇見熟人的了。中國的一切城市，不管因它本身所處的地位關係，方在繁盛或業已衰落，你總能將它們歸入兩類：一種是它居民的老家；另外一種一個大旅館。在這些城市中，人們為著辦理事務，匆匆從各方面來，然後又匆匆的去，居民一代一代慢慢生息，沒有人再去想念他們，他們也沒有在別人心靈上留下不能忘記的深刻印象。但北京是個例外，凡在那裏住過的人，不管他怎樣厭倦了北京人同他們灰土很深的街道，不管他日後離開它多遠，他總覺得他們中間有根細絲維繫著，隔的時間愈久，它愈明顯。甚至有一天，他會感到有這種必要，在臨死之前，必須找機會再去一趟，否則他要不能安心合上眼了。[5]

不止於熟悉感，像是觸摸過的那種感覺，而是在中國人更為親切、深沉的鄉土感。中國現代史上知識分子極其真摯地認同鄉村，認同鄉土，認同農民，卻不妨礙如郁達夫、師陀這樣一些非北京籍的作家以北京為鄉土，而在普遍的城市嫌惡（儘管仍居留於城市）中把北京悄悄地排除在外。這自然也因為北京屬於他們情感上易於接納的「具城市之外形，而又富有鄉村的景象之田園都市」。[6]西方遊客先於經驗的熟悉感，多半源自人類相通的文化感情與審美傾向，源自他們

5 師陀：《〈馬蘭〉小引》（1942年10月），見花城出版社1982年版《馬蘭》。來自福建的盧隱，也曾說過「北京是我的第二故鄉」。

6 郁達夫：《住所的話》，載1935年7月1日《文學》第5卷第1號。

略近於中國人的歷史文化記憶（如對歐洲中世紀的記憶），也依賴於歐美人習見的「中國文化」的種種小零碎：綢緞、瓷器以及檀香等等；中國知識分子的鄉土感，卻源自深層的文化意識。這裏有人與城間的文化同構，人與城間文化氣質的契合。這只能是中國人的，是中國人的北京感受、北京印象。它們不待用小零碎臨時拼湊，它們是從人與客體世界融合的文化一體感中自然地發生的。

西方遊客可以把熟悉感描述得如上引文字那樣生動，他們卻不可能像林語堂在《京華煙雲》[7]中那樣，把北京情調與北京人的生活藝術講述得這般親切體貼，說北京如說家常瑣屑；他們也很難有周作人寫《北京的茶食》那類文字時的精細品味，和由極俗常的生活享受出發對於一種文化精神的把握。這只能是中國人的經驗感受，中國人由文化契合中自然達到的理解與品味。

鄉土感即源自熟悉。對於中國知識分子，北京是熟悉的世界，屬於共同文化經驗、共同文化感情的世界。北京甚至可能比之鄉土更像鄉土，在「精神故鄉」的意義上。它對於標誌「鄉土中國」與「現代中國」，有其無可比擬的文化形態的完備性，和作為文化概念無可比擬的語義豐富性。因而縱然未親踐這片土，也無妨將北京作為熟悉的文本，憑藉現有文化編碼可以輕易地讀解的文本。儘管現代生活的活力在於不斷造成文化的陌生感，造成陌生經驗與陌生語義，你仍會在面對北京時感到輕鬆與親切。因為你是中國知識者。

如果漫長到令人驚歎的鄉土社會歷史不曾留下某種深入骨髓的精神遺傳，才是不可思議的。有哪個居住大城市的中國知識分子心底一隅不曾蟄伏著鄉村夢！北京把「鄉土中國」與「現代中國」充分地感性化、肉身化了。它在自己身上集中了中國的過去、現在與未來，使

7　時代文藝出版社1987年版，張振玉譯《京華煙雲》。

處於不同文化境遇、懷有不同文化理想的人們，由它而得到性質不同的滿足。它是屬於昨天、今天、明天的城，永遠的城。

二　北京與寫北京者

提供了先於個人經驗的北京形象的，無疑有文學藝術對於北京的形象創造。這永遠是那重重疊疊的經驗描述中最有光澤最具影響力的部分。倘若你由寫北京的作品尤其京味小說中發現了北京以其文化力量對於作家創作思維的組織，對於他們的文化選擇、審美選擇的干預、導引，以至對於從事創造者個人的人格塑造，你不應感到困惑。這一切都是自然而然且在不覺間發生的。他們創造了「藝術的北京」，自身又或多或少是北京的創造物；在以其精神產品貢獻於北京文化的同時，他們本人也成為了這文化的一部分。

城與人或許，只有鄉土社會，才能締結這種性質的城與人的精神契約的吧，人與城也才能在如此深的層次上規定與被規定。而「城」在作為鄉土或鄉土的代用品的情況下，才能以這種方式切入、楔入人的生活、精神，使人與其文化認同，乃至在某些方面同化、分有了它的某種文化性格；人與城才能有如此的融合無間：氣質、風格、調子、「味兒」，等等，像是長在了一起，天生被連成一體的。我因而疑心這種「城與人」正在成為文化遺跡，這種「契約」將成為最後的。現代社會自然會造成新的「城與人」，但那必有別樣形態別種性質。近於一體的城與人，不免使人犧牲了部分獨立性，也因此那關係更屬於「鄉土社會」。

我相信一位現象學美學家所說的，決不只是藝術家在尋找他的世界，藝術家也在被「世界」這位「尋求作者的永恆的人物」所尋找。

「當作者通過作品揭示一個世界時，這就是世界在自我揭示。」[8]至少這種說法很有味，所說的恰恰像是我們這會兒正說到的人格化、賦有了某種精神品質的北京這「世界」。

能找到理想的「人」的城想必是自覺幸運的。並非任何一個歷史悠久富含文化的城，都能找到那個人的。他們彼此尋覓，卻交臂失之。北京屬於幸運者，它為自己找到了老舍。同樣幸運的是，老舍也聽到了這大城的召喚，那是北京以其文化魅力對於一個敏於感應的心靈的召喚。從此，北京之於他成為審美創造中經常性的刺激，引發衝動的驅力，靈感的不竭之源。

老舍曾談到康拉得。他是那樣傾心於這位英國作家，稱他為海王。「海與康拉得是分不開的。」「從飄浮著的一個枯枝，到那無限的大洋，他提取出他的世界，而給予一些浪漫的精氣，使現實的一切都立起來，呼吸著海上的空氣。」「無疑的，康拉得是個最有本事的說故事者。可是他似乎不敢離開海與海的勢力圈。他也曾寫過不完全以海為背景的故事，他的藝術在此等故事中也許更精到，可是他的名譽到底不建築在這樣的故事上。一遇到海和在南洋的冒險，他便沒有敵手。」[9]幾近於夫子自道！老舍有他的海，那就是北京。他也是海王。他在這裏所談的，是他所認識到、體驗到的創作對於題材、對於特定文化環境的依賴。創作是在創作者找到「個別」寫出「具體」的時候真正開始的。海是康拉得的「個別」，北京則是老舍的「個別」。

如果不論「關係」的形態，在世界文學中，城（以及不限於城的具體地域）與人的締約，是尋常的現象。巴爾扎克與巴黎，19 世紀俄國作家與彼得堡、莫斯科，德萊塞與芝加哥，喬伊絲與都柏林，等

8 〔法〕米蓋爾・杜夫海納：《美學與哲學》中譯本第29頁，中國社會科學出版社1985年版。

9 老舍：《一個近代最偉大的境界與人格的創造者》，載《文學時代》創刊號，1935年。

等，等等。在現代作家那裏，城與人已糾纏扭結而將其中關聯弄得複雜不堪了，比較之下，老舍與北京的關係是更古典的。索爾·貝婁在被問到關於「一個具體地點和作家寫作風格與他寫的人物之間的關係」的看法，比如，「是不是認為一個像芝加哥這樣的城市在小說中已成為作家塑造自己的風格的一種主要的隱喻手法，而不僅僅作為一種報導性或自然狀態性的背景而存在」時，他似乎感到為難，他說自己「真不知道怎麼看芝加哥這地方」，這地方對於他「與其說是根，不如說是一團糾纏不清的鐵絲」。[10]

北京對於老舍，其意味卻單純得多，即使在情感矛盾中，它也仍然是單純的，是一個熟極了的熟人那樣的存在，而絕不會令老舍感到與其關係「糾纏不清」。老舍和他的這一對象間的審美關係也因之是單純的、易於描述的。老舍經由發現「藝術的北京」而發現自己的藝術個性，經由完成北京形象而完成了他自己。北京不僅僅是他的藝術生命賴以存活的土地，也是他描寫過的最重要的人物，他大部分作品的貫穿人物，《四世同堂》等北京史詩的真正主人公。這是一個作家和其對象所能結成的最自然、單純的審美關係。

如老舍如沈從文與他們各自的對象世界的遇合，可以看作現代文學史上的佳話的吧。其中有機緣，有諸種條件的湊泊。並非所有的城都天然地宜於文學的。文學決不是無緣無故地冷落了許多城市。城只是在其與人緊密的精神聯繫中才成為文學的對象，文學所尋找的性格；也只有為數不多的城市有幸被作為性格來認識：如北京這樣有教養、溫文爾雅的，或者如某些歐美城市那樣奢華、紛亂、飽漲著熱情的。

---

10 〔美〕羅克威爾·格雷等：《訪諾貝爾文學獎獲得者索爾·貝婁》，載美《芝加哥》專輯，此據舒遜摘譯。

老舍是當之無愧的模範北京市民。他固然因北京而完成了自己，卻同時使北京得以借他的眼睛審視它自身，認識自身的魅力是這樣稟賦優異的北京人！因而他屬於北京，北京也屬於他。他的「北京形象」不但啟導了一批他的文學事業的後繼者，而且將其影響遠播，作為「前結構」規定和制約著人們對北京的文化認識、文化理解，誘導著他們觀察北京的眼光、角度，訓練了他們以他那種方式領略北京情調、北京風味的能力。這種文學創作以外的影響，有誰能估量得充分？你也許並不意識，但在你的我的以及其它人的北京感受中，已經有老舍參與。作品在人們精神生活中的上述滲透，難道不是極耐尋味極可探究的文學—文化現象？

老舍是使「京味」成為有價值的風格現象的第一人，「京味小說」這名目，卻只是在新時期的當下才被叫了開來。老舍小說的北京色彩雖人所共見，如若沒有後起諸人，那不過是一種個人風格而已。應當如實地說，「京味小說」作為一種風格現象獲得了研究價值，固然因有老舍，卻更賴有新時期一批作家有關的實績，因有如《那五》、《煙壺》、《紅點頦兒》、《安樂居》等一批質、量均為可觀的作品出世。這裏自然也有城市魅力的當代證明。當代京味小說作者中，鄧友梅、劉心武、韓少華、蘇叔陽、汪曾祺、陳建功諸家；不斷新起而令人不暇搜集的其它家；以及林斤瀾、張辛欣的某些作品豈不也略近於洋洋大觀？我不傾向於把後起者輕率地指為「老舍傳人」，更願意相信他們都是由北京所養育的。給予了後起諸家以滋養的，當然有老舍的創造物，而這多半已匯入博大深厚的「北京文化」，而不再只是個別範本。老舍與後起京味小說作者的風格聯繫所表明的，無寧說更是人與城間的文化聯繫，這種聯繫總在尋求富於審美能力的敏感心靈。在這裏決定著風格聯繫的，是不同作者甚至不同「代」的作者與北京的文化認同。

老舍及後起者的文學活動，生動地證實著北京所擁有的文化力量，現當代中國城市中，惟北京才擁有的文化力量。「五四」時期新文化運動發源地的北京，三四十年代文化活動繼續活躍並自成特色的北京，作家陣容再度強大的新時期的北京。人文薈萃，文化厚積。北京以其文化養育知識界、文化界，養育文學，北京也就收穫了最為充分的文化詮釋、形象展現。[11]

三　城與人

在上面一番議論之後，我察覺到自己將「關係」單純化了。有必要重新談論上文中一再使用過的那個「認同」。

如果城只是如上所說的那樣「支配」與「規定」著創作思維，並投影在作品的人物世界，那麼不但人的審美活動，而且城的文化涵蘊都過於簡單，以致將為我們關於古城魅力的說法做出反證。我們並沒有真正進入「關係」的審美方面。不妨認為，由於作家的工作方式，自其開始這一種精神創造的時候起，就不再屬於任何特定地域。或者更準確地說，他屬於，又不屬於。

我不想徑直引用知識分子是「流浪在城市中的波希米亞人」這種現成的說法。中國有的是田園式的城市，這類城市對於生長於鄉土中國、血管裏流淌著農民的血的中國知識分子，決不像西方現代城市之於西方知識分子那樣異己。上文所說的鄉土感不就是證明？即便如此，知識分子在中國，也不可能與城融合無間，像終老於斯的市民那樣。

11　中國作家對於城的猶如對於人的性格捕捉，那種細膩的審美品味，得自中國文化、文學的陶冶。唐詩的寫長安，宋詞的寫汴京，這一筆豐厚的文學遺產，恰恰是被「五四」以後嚴於新舊文學區分的新文學者承繼了。尤其新文學的紀遊體散文。京味小說則可作為以小說寫城市的例子。

城（人文環境）吞沒著人，消化程度卻因人的硬度（意識與意志獨立的程度）而不等。知識分子從來是城市腹中難以消化的東西自然愈到現代愈如此。半個多世紀以來那些提倡大地藝術、原始藝術的，無不是城市（且通常是大都市）中的知識者。他們以文化、藝術主張宣告了對於城的離心傾向，有意以「離心」作成自己的形象，從而顯現為特殊的城市人。他們是城市人，即使他們的城市文明批判，他們對於城市的叛逆姿態，也是由城市培養和鼓勵的。但他們又畢竟不同於消融在城市中與城市確然同體的城市人。更早一個時期頌揚吉普賽人，醉心於田園風情曠野文化的，也是一些困居城市備受精神饑渴折磨的城市人。他們未必意識到的是，只是在城市他們才奏得出如許的田園與荒野之歌，旋律中深藏著騷動不寧的狂暴的城市心靈。文學似乎特別鼓勵對城市的反叛，這幾乎已成近現代文學的慣例，成為被不斷襲用的文學句法。因而作家作為「人」與城間的關係，又不僅僅是由其工作方式，也由其承受的文學傳統、文學家家族的精神血統所規定。

這些說法仍然不能替代對於京味小說作者其人與城之間契約性質的分析。因為中國知識分子有其精神傳統的特殊性，也因中國式的城市有其由歷史中形成的文化形態的特殊性。田園式的城市是鄉村的延伸，是鄉村集鎮的擴大。城市即使與鄉村生活結構（並由此而在整個社會生活中的）功能不同，也同屬於鄉土中國，有文化同一。京味小說作者不可能如近代歐美知識分子，一味「漫步」並「張望」於城市；他們與那城市親密得多。他們也不可能只是「穿過城市」的精神流浪者。作為新文學作者或當代作家，他們自然引入了觀照這城的新的價值態度，深刻的情感聯繫卻使他們難以置身其外做精神漂流。他們與其它人一樣居住於此，只不過這種空間關係在他們不像在其它人那樣重要罷了。因為他們是從事精神生產的知識分子。他們對於城的不完全歸屬未必因文化離心，倒更是其精神生產方式決定了的。這又是由近代意義上的「知識分子」出世，也由文學的自覺意識形成承襲而來的關係。

他們居住於城，分享著甚至也陶醉於這城市文化的一份和諧，同時又保有知識者、作家的清明意識，把城以及其它人一併納入視野。他們是定居者與觀察者。後一種身份即決定了他們的有限歸屬。以城作為審美觀照的對象（在老舍這樣的作者更有文化批判的意向）使他們在其中又在其外。因而北京之於老舍是鄉土又是「異鄉」。兩種關係都是真實的。兩種關係的綜合中，才有這特定的「城與人」。不惟老舍，其它京味小說作者也可以認為是一些特殊的北京人，是北京人又非北京人。對於這城，他們認同又不認同。值得考察的，正是這種關係的矛盾性質。知識分子自覺、作家意識，是妨礙任何一種絕無保留的認同的。那種認同意味著取消創作，取消知識者特性。觀照與批評態度，使創作成其為創作，使知識分子成其為知識分子。對於城，無間者不言，描述即有間隙，也賴有間隙。京味小說作者在其中又在其外，亦出亦入，已經是一種夠親密的關係了。再跨進一步，即不免溶解在對象中，終於不言，不能言，至少不再能如此言說。

述說著鄉土感的，未見得全無保留，倒是不知道這一種表達法的，更有傳統社會的鄉土依賴。北京的鄉土特性所喚起的鄉土感情是因人而異的。更何況使用著相似運算式的，其賦予「鄉土」的語義又彼此不同呢！城也就在這諸種關係中存在並借諸講述、言說以及「無言」呈現自身。有活在並消融於城、與城同體作為城的有機構件的人，也有居住於同時思考著城，也思考估量著自己與城的關係的人，城才是人的城。前一種人使城有人間性格，後一種人則使城得以認識自身，從而這城即不只屬於它的居民，而作為文化性格被更多的人所接納。

他們不盡屬於城，那城也不盡屬於他們。城等待著無窮多樣的詮釋，沒有終極的「解」。任何詮釋都不是最後的、絕對權威的。現有的詮釋者中或有其最為中意的，但它仍在等待。它不會向任何人整個地交出自己，它等待著他們各自對於它的發現。他們相互尋找，找到了又有所失落：是這樣親密又非無間的城與人，這樣富於幽默感的對峙與和解。人與城年復一年地對話，不斷有新的陌生的對話者加入。城本身也隨時改變、修飾著自己的形象，於是而有無窮豐富不能說盡的城與人。

老舍說：「生在某一種文化中的人，未必知道那個文化是什麼，像水中的魚似的，他不能跳出水外去看清楚那是什麼水」(《四世同堂》)。水中的魚似的，是他所寫的北京人；他本人則是跳出水外力圖去看清楚那水的北京人。但他又決非岸上觀魚的遊客。也許難以再有如老舍這樣邊寫城邊讚歎、評論，陶醉於讚歎又以評論保持距離，在出入之間有一份緊張的作者了。這也是站在鄉土中國與現代中國之間的緊張，自處於鄉土深情與新文化理想之間的緊張。當代文壇上正走著越來越多的城市漂流者，或者僅僅以「漂流」為簡單象徵的人。知識水準的普遍提高，與知識分子自覺意識的發展，必將發展居住者對於居住地的非歸屬性。上述「出入之間」，不完全歸屬、認同，將越來越成為城市人普遍的文化境遇。鄉土關係也如人類在其行程中締結過的許多其它關係，是對於人的撫慰又是束縛。鄉土感情是由鄉土社會培養並在其中發展到極致的，也將隨著鄉土社會的歷史終結而被改造。[12]它將日益成為詩的、純粹藝術的感情。城市人在失去鄉土之後

12 你不難注意到，上海儘管是一個被新文學與當代文學反覆寫到的城市，卻難以在談論「鄉土文學」的場合被人想到。鄉土感有時提供著雙重證明：城的文化構成與人的文化經驗的凝固。現代化與開放，鼓勵對陌生經驗陌生領域的探尋。非鄉土感也許提示著你已面對一個陌生世界。「無歸屬」有時只意味著由熟悉境界的失落，脫

有精神漂流，卻也未必長此漂流。漂流者將終止其漂流在人與環境、人與自然的更高層次的和諧中。但那不會是「鄉土」的重建。因而鄉土感在「五四」以後的文學中才更有詩意的蒼涼。在這大幅流動的背景上讀京味小說，看其城其人，豈不別有一種味道？

出生存慣性的有限的靈魂自由。在你我似的普通人，它只是選擇過程中的一種狀態而已。研究中國知識分子與城的真實聯繫，北京是理想的對象，上海同樣理想。鄉土感與非鄉土感中，寓有中國知識者與生活的聯繫方式，獨有的文化心態。

話說「京味」

一　何者為「京味」

「京味」是由人與城間特有的精神聯繫中發生的，是人所感受到的城的文化意味。「京味」尤其是人對於文化的體驗和感受方式。因而有必要更多地談論人，比如既是城的形象創造者，自身又是那個城的創造物，具有上述雙重身份的京味小說作者。正如上文已經說到的，這人與城之間關係的深刻性在於，當著人試圖把那城攝入自己的畫幅時，他們正是或多或少地用了那個城所規定的方式攝取的。「城」在他們意識中或無意間進入了、參與了攝取活動，並使這種參與、參與方式進入了作品。這就給了我們經由人探究城，經由城探究人，尤其探究人與城的具體關係的實物根據。

我並不以「京味」為流派。三四十年代北京有所謂「京派文學」。「京味」與「京派」，前者是一種風格現象，至於後者，無論對於其流派意義有多少爭議，它確是被某些研究者作為流派在研究的。

以概念涵蓋現象總難盡如人意，何況「味」這種本身即極其模糊的概念。但對於京味小說，稍有鑒賞力的讀者，即能在讀到作品的最初幾行時把它們揀選出來。在這種情況下，直覺判斷的自信，證明著確實存在著這樣一些京味小說以至京味文學。[1]作為一種風格現象，

1　如話劇劇作《左鄰右舍》、《小井胡同》、《遛早的人們》，以及電影文學作品《夕照街》、《嘿，哥兒們》等，電視劇作《同仁堂的傳說》等等。

「京味」的實際界限比之許多生硬歸類的「流派」更易於分辨，更便於直覺把握。這使人想到，那種不能訴諸定量分析的模糊性，或許也由於研究工具、手段的限制。既有這種被審美判斷所公認了的「味」，就有味之形成，味之所從出，以及與味有關的觀念形態、審美追求、情感態度、心理特徵等等，有決定著同味的共同性，而且這種共同性或許也比之某些強被歸結的流派「共性」更深刻。

京味既以「味」名，它強調的就不是題材性質，即它不是指「寫北京的」這樣一種題材範圍。寫北京的小說已多到不勝計數，其中北京僅被作為情節背景、襯景的自可不論，即使那些有意於「北京呈現」的，也並不就是京味小說。現代文學史上寫北京的向不乏人。「五四」時因作家群集北京（更群集於北京的大學城），北京自然成為相當一些作品的指定空間，其中卻沒有可稱「京味」的小說。此後王西彥[2]、靳以的寫北京（《前夕》且是長篇）[3]，沈從文早期作品的寫北京[4]，齊同《新生代》的寫北京，師陀《馬蘭》的寫北京[5]，李廣田《引力》的寫北京，「寫北京」而已，無關乎「京味」。這令人想到京味作為一種風格現象，決定的正是寫的態度及方式。自然也並非絕對

2 王西彥的「古城景」三篇寫淪陷前後的北平，小說收入《眷戀土地的人》（作家出版社1957年版）一集時，「古城景」改為「古城的憂鬱」。

3 《前夕》的作者有寫歷史的宏大意向，於創作中博採旁搜，務將「一・二八」後到華北淪陷期間的事件悉數呈現，小說有相當的紀實性。對於1935-1937年前後的北京，還沒有人做過如此規模的描寫，因此可作形象的「北京史」讀。

4 沈作中短篇小說《生》寫舊北京雜耍藝人苦中作樂幽默自諷，神情尚肖，但「京味」並不只繫於人物神情。沈從文早期作品寫京居生活的，幾全無京味，他的感覺能力似乎只是為了寫湘西而準備的。

5 師陀《談〈馬蘭〉的寫成經過》（1981年11月）中說：「K城的『K』乃是漢語拉丁化或英語北京的『京』字的頭一個字母，也就是『京城』。」師陀的是作略具京味，尤其語言的脆滑爽利意味近之。但也只能說「略具」、「近之」。此文收入花城出版社1982年版《馬蘭》。

不關題材，我在下文中還要再談到這一點。即使新近出土很受青睞的林語堂的《京華煙雲》，也並非京味小說，雖然題中赫然有「京華」二字。京味是不能用英文寫出的，而譯本又的確並無京味。這又令人想到京味對語言趣味的倚重。的確，那「味」在相當程度上，也正是一種語言趣味、文字趣味。因此許地山的《春桃》固然寫北京胡同居民生活極見特色，卻怕也難稱京味小說，因其還不具備為「京味」這種風格所包含的語言要求。林海音寫在臺灣的那一組作品也如此。[6] 其它如張恨水的《啼笑因緣》、《夜深沉》之屬，不無京味，卻也並不具備京味小說的審美特徵這裏又有嚴肅文學與通俗文學的不同旨趣，令人感到京味小說作為風格現象其審美尺度的嚴格性。更值得注意的，是一些非京味小說中的京味，比如張潔小說人物的京片子，張辛欣某些小說中那些十足京味的部分、片斷，甚至比一般京味小說，味兒更足，更有勁道。這又令人想到京味小說還有種種未加規定的規定；概念雖模糊，也包含有題材範圍、創作態度、表現方法等具體要求，有關於純度、風格統一性的限定，是把作者、創作過程和作品綜合一體的觀察。

新文學史上用京白寫過小說的自不止一個老舍。老舍好友且與老舍風格呼應的，有老向（王向辰）；不大被人由這一角度研究的蕭乾，其《籬下集》中亦有用了京白且取材於北京生活的作品。來自鄉下自稱未脫「黃土泥」的老向，更有興味於鄉村經驗，集子中確也有寫胡同、富於北京氣息的，如《故都黎明的一條胡同兒裏》。

既然是「味」，就要求相應的審美能力。「味」要「品」而後可知，京味小說依賴「知味」的讀者群。在這個意義上，「京味」又是賴有接受，賴有接受者的條件才能成立的。也正是「成熟性」，使京

6 指林海音的《我們看海去》、《驢打滾兒》等一組記「城南舊事」的作品。

味小說較之一般作品有更苛刻的對於鑒賞力的要求，尤其語言鑒賞力。它作為風格現象的形成，也正是大致相近的鑒賞標準與趣味的結果。當然除此之外還有文化意識、人生理解諸種條件。制約著創作的有些條件，也制約著欣賞。因而京味小說比之別種風格更要求創造者與欣賞者間的默契。

至於京味小說的作者們，通常也如所寫人物那樣瀟脫，出入自由，未必具有顯明的流派意識。寫京味可能是偶一為之，可能是一個時期的風格試驗。即使老舍，也一再跳出，寫非京味的小說，雖然他的失敗也往往正在這種時候。你由此可以看到，京味小說作者並非即「京味作家」。京味是作品的風格標記，而非作者惟一的風格標記。

京味小說中有豐富的「鄉土社會」的描繪，它卻不能歸入魯迅定義的那種「鄉土文學」。[7]北京對於寫京味小說者，可以並非「鄉土」。比如鄧友梅、汪曾祺、林斤瀾等。在我看來，比之於是鄉人寫是鄉，非本鄉本土的京味小說作者，對於說明審美創造的條件，或許更具有深刻性。[8]土生土長並不就能天然地把握一種文化精神。而越是較有深度的文化精神，越有可能被闖入者所把握，條件之一即是對於文化形態的比較認識。文學作品中的地方性，要求的首先是真正作家的資質稟賦，作家感受個別性的那種能力。即使方言這一種地方性文化也非惟特定方言區域的土著才能把握。何況高層次的方言文學，所要求的首先不是對口語的摹仿、記錄，而是對方言中含蘊的文化情趣的領略，這要求的是小說家的語言感覺、語言能力。問題幾乎只在

---

7 魯迅《〈中國新文學大系〉小說二集序》：「……凡在北京用筆寫出他的胸臆來的人們，無論他自稱為用主觀或客觀，其實往往是鄉土文學，從北京這方面說，則是僑寓文學的作者」（《魯迅全集》第6卷第247頁，人民文學出版社，1981）。

8 上文所引索爾・貝婁的談話中還說：「人們常常想從愛本土的意義上問我為什麼對這個地方有感情。這裏並不是我的家鄉，我是9歲時到這裏並在這裏度過了大半生的。」

於是否「真正的小說家」。闖入者的成功，則多半在能舍末求本，略枝節而得精神。正宗北京人盡可對汪曾祺、鄧友梅二位的方言運用不表佩服，仍會承認那種語言中真有「精神」在。汪、鄧所達到的，還不止於「精神」。他們的作品里正有「鄉土感」。[9]這是一種擴大了的鄉土感情，非由本鄉本土而是由中國知識者的共同文化心理結構決定，繫於共同「文化鄉土」、「精神故園」的文化感情，近聞有人談及「新鄉土文學」，以為寫別處的「好像不如寫北京一帶的泥土氣息和人情味重，仍有點旅遊、下放、體驗生活的外來人眼光和口氣」(《讀書》1986 年第 5 期第 120 頁)。殊不知他從中感得「泥土氣息」的，可能正出於「外來人」的手筆呢。這多少也因助成了上述風格現象的那種文化，較之一般的地域性文化，其內容更深沉博大，更富於包容，更具有普遍性品格。

京味小說依賴當代小說創作才以風格現象而引人注目，並使老舍作品由此獲得新的研究角度與文學史意義，當代小說中的京味卻又是駁雜的。京味之為京味，並不賴有風格的單一。如同其它有研究價值的文學風格那樣，它是以其內在包容的差異性、豐富性作為形成條件的。近現代史上的文化變動，當代社會更為劇烈、更為戲劇性的文化重構，也使我們不能不以彈性尺度對待京味這概念，以期包容風格變異，不失靈敏地反映當代新的文學現實。在論述中提出一個概念，有時即是對於範圍的限定，但諸多形態紛繁的事實畢竟更值得關注。在本書中我不打算以概念範圍現象，而希望僅以京味這概念為基點，對有關的風格現象（包括京味小說的當代變異，以及不能一股腦兒塞進

9 考察作家與特定對象的關係，或許是有趣味的事。王蒙是北京人卻並不熟悉胡同裏的北京，也無可稱「京味」的作品，但在寫及伊犁時，卻讓人約略感到出諸北京人的對世情、人生的理解，即如所寫新疆人語言中包含的人情內容，維吾爾兄弟那種天真的狡黠，他們自我保存的機智略近於北京人「找樂」的「塔瑪霞爾」(《淡灰色的眼珠》) 等等。

「京味」中卻與之有風格聯繫的作品）一併做出描述。我不知道是否真有所謂「正宗京味」「正宗」怕是最難劃定的。文化在不斷的變動中，城與人與文學都在遷流。老舍所寫「北京文化」，事實上是北京胡同文化。即使老北京的胡同文化，據說也有區域性差別。一種說法是，正宗北京風味在城南聊備一說而已。你固不必深信，卻不妨以為其中透露了「差異自在胡同之中」的消息。文化學意義上的「北京文化」，是賴有省略，賴有有意的忽略，賴有選擇而成立的。人們所認為的北京的文化統一，正是上述省略的結果。至於文學，也可以說正因多味才有京味的吧。正是在這裏，你覺得京味那模糊的「味」給了你便利，使你有可能穿越明顯差異性的表層，捕捉微妙的風格關聯，並經由這種捕捉達到作者意識、作品境界的深層，發現被差異掩蔽了的某種共同性，由相對狹小的「風格」及於廣大，及於風格的最終設計者——北京文化與北京人。

北京魅力是內在於人生的，內在於居住古城中分有其文化精神的人們的人生的。本書將由作家與他們所寫人物兩個方面（恰是兩組「北京人」！）來研究京味小說，由作家的創作態度、創作狀態、風格設計和設計的實現，由包含於作品的作者的文化意識、歷史意識、美學理想，同時也由他們所寫北京人的諸種特徵來研究京味小說之為「京味」。此章即由創作者的一面談起。

二　風格諸面

理性態度與文化展示

京味小說作者的理性態度表現於創作行為的，首先應當是自覺的風格選擇和自覺的文化展示。老舍由《老張的哲學》到《離婚》，是愈益自覺的風格選擇；後起諸家，更有以老舍作品為範本的風格選擇。不妨說，構成「京味」的那些特點，多半出於事先的設計、有意的追求，以此種「自覺」提供了事後歸納的便利。老舍的一本《老牛破車》[10]，寫在他創作的盛期，邊創作邊自審自評，而且所評正在風格。意圖與其實現畢竟不能剛好合榫，不差分毫。但老舍與其它京味小說作者所實現的，大體上確是所意欲實現的，並非偶然得之。

這「自覺」在創作中，又主要表現為自覺的文化展示，這也是京味小說作者設計中的風格的主要部分。至於文化展示中的理性則又表現為文化批判、文化評價，以至分析的衝動，說教的傾向：浮上了表層的理性。與此相關的，是對認識價值的強調。認識這個城市、城市性格，認識這種文化、文化精神。在部分作品中還表現為濃厚的知識趣味訴諸認知的強烈意向，那神情意態令人不期然地想到長於「神聊」而又趣味優雅的北京胡同居民。凡此，也都出諸明確的風格選擇，而不是信筆所之的偶然結果。

文化展示在「文化熱」的當下已不能充當「獨特」了，卻使老舍在他開始創作的那個時期足標一格。因為那是強調文學的社會意識、政治意識的時期，老舍的思路因之顯得迂遠而不切時務。他又並不就因此而是主潮之外的游離者。就文學觀念說，老舍無寧說是相當「正統」、中國化的，在當時也更與「主流」的左翼文學相近。比如強調文學的社會功能，早期創作甚至還常有淺露的「教化」傾向（我在下文中還要說到，當代有些京味小說對此也一脈相承）。區分只是在選擇何種「社會功能」上。比之 30 年代初急進的青年作者，他更關心「文化改造」這在當時的不急之務，卻也在這裏，他以他的方式，繼續了「五四」一代啟蒙思想者有關「中國問題」的思考。

10 《老牛破車》，人間書屋1937年初版。

對於形成京味小說這種風格現象，老舍的上述選擇至為重要。後起諸家，文化價值取向容或不同，但以展示北京文化為指歸，則是一致的。彼此間的差別在於所展示的方面和展示方式，在於對所展示者的具體的文化評價和審美評價。還應當指出，因有範本，當代作家這一方面的自覺，在普遍的文化熱發生之前；雖然不曾發表宣言，也沒有使用「文化小說」一類名目。他們沿著自己的傳統，以自己的邏輯，與時下一部分作家的文學選擇合轍了；又因有自個兒的發展邏輯，於「共同選擇」中仍有自己獨擅的玩意兒。

老舍創作成熟期的作品，是以對於北京的文化批判為思考起點的。他的北京文化展示，自覺地指向「文化改造」的預定主題，並由此形成他大部分作品的內在統一。當然，批判傾向並不就是他對北京文化態度的全部。我在本書的第三部分還要對此再加探究。然而也正是文化批判的思維線路和呈現於作品中的作者情感判斷、價值判斷的矛盾，極大地豐富了老舍作品的文化蘊涵那不是風俗志，不是文化陳列，那是一個中國現代知識者以其心理的全部豐富性對北京文化的理解、認識、感受與傳達。在自己的作品裏，老舍由兩個不同的方面審視中國傳統文化（他在作品中稱之為「北京文化」）：一方面，他從中國文化自身的更新改造著眼，探究這種文化傳統在對於中國人（「北京人」）的文化設計上的消極意義，由文化現象而透視北京人的精神弱點；另一方面，他又關注著中國文化在世界大環境中的命運，「鄉土中國」被置於資本主義、殖民地文化衝擊下的現實處境，從而複雜化了他對於北京文化的情感態度，在創作中統一了嚴峻的批判意識和對於北京文化的詩意方面、對於北京人的優雅風度的脈脈深情。這裏正有著啟蒙與救亡兩大歷史主題的衝突[11]在一個具體的現代作家、現

11 參看李澤厚著《中國現代思想史論．啟蒙與救亡的雙重變奏》，東方出版社1987年6月第1版。

代知識者那裏的呈現。

京味小說並不以思想勝，卻又自有其深刻之處。老舍曾說到自己不長於思想[12]，這不是自謙。但他對於中國「城市化」的文化憂慮又絕不淺薄。也只有一時代的精神文化的代表，一時代優秀的知識者，才能自覺分擔時代痛苦，並自覺地承擔未來。有趣的是，當上述文化主題在文化熱中被作家們強化的時候，不少當代京味小說作者卻意別有屬，把興趣中心移到非批判性的文化呈現上了。這裏又有兩代作家因所處不同時勢而有的不同心態，構成另一有趣的對照。

無論老舍還是後起諸家，他們的作品當著被放在以發掘地方風情為旨趣的某些「鄉土小說」中間時，越發表現出文化意識的成熟。自老舍作品起，京味小說就不滿足於搜羅民俗的表層開發，集注筆墨於平凡的人生形態，最世俗的文化：人倫關係，從中發現特殊而又普遍的文化態度、行為、價值體系；同時由北京人而中國人，把思考指向對於中國文化與中國社會的發現。故而它們所寫者實，所及者深。不是個案、特例的堆積，不是文化博物館，而是中國人日常生活中最現實的文化內容。往往是，平實才更能及於深刻。在平實處，在日常行為、日常狀態的描寫中，即有「風情」，即富含「風情」；即有民俗內容，有民俗的最為深廣的文化背景。

在具體描寫中，出於上述意圖，他們注重表現生活中那些較為穩定的文化因素：實現在生活中的文化承續性。對於北京，最穩定的文化形態，正是由胡同、四合院體現的。在這一方面，當代作家中陸文夫的趣味最與京味小說作者相近。正如老舍筆下的胡同文化是為有清一代旗人文化薰染過的，陸文夫所寫蘇州小巷文化，也是一種被士大夫文化薰染過的「平民文化」。北京文化即使在胡同裏，也見出雍容

12 參看老舍《老牛破車．我怎樣寫〈老張的哲學〉》等。

的氣度；蘇州文化在小巷裏，則依稀可見士大夫式的精緻風雅只不過都已斑駁破敗，像是花團錦簇的舊日風華的反光。

老舍聚集其北京經驗寫大小雜院，寫四世同堂的祁家四合院，寫小羊圈胡同；劉心武寫鐘鼓樓下的胡同和形形色色的胡同人家，甚至在《鐘鼓樓》中以近一節的篇幅考察四合院的建制、格局，和積澱在建築形式中的文化意識、倫理觀念；陳建功寫轆轤把胡同，寫豌豆街辦事處文化活動站……當代北京固然正崛起著成片的新建住宅區，但這種所在往往嚴整而缺少情調。[13]情調不可能一下子冒出來。情調是文化的累積。構成胡同情調的小零碎，是經年累月才由人們製造出來，積攢起來的，因而成為了最具體實在的「文化」，具體親切到可供觸摸的情調、氛圍。這種胡同，也才足以令作家們寄寓鄉土感情[14]，當著被作為審美對象時使作者獲得成功。

體現著穩定形態的，因而也必是那些胡同居民、四合院的新老主人們。而在胡同間，京味小說作者又有自己的選擇，有他們更為熟悉的範圍。凡有限定，即成局限；但沒有限定，也就沒有任何一種風格。值得留意的是，京味小說作者無論新老，似乎都更熟悉那種胡同裏的老派人物，老派北京市民，寫來也更從容裕如。老舍筆下最稱形神兼備的，是如祁老人（《四世同堂》）、張大哥（《離婚》），以及《牛天賜傳》中的牛老者、牛太太，《正紅旗下》中的大姐公公、大姐

13 新建住宅區的缺少「調子」（或曰調性不明確），也多半由於缺少胡同裏人與人間的熟稔、知根知底。這裏才開始產生著現代城市的異己感一種正屬於現代城市的調子。

14 關於蘇州小巷，陸文夫說過：「我也曾到過許多地方，可是夢中的天地卻往往是蘇州的小巷。我在這些小巷中走過千百遍，度過了漫長的時光；青春似乎是從這些小巷中流走的，它在腦子裏沖刷出一條深的溝，留下了極其難忘的印象。」他還說，他所喜歡的小巷，是「既有深院高牆，也有低矮的平房；有煙紙店、大餅店，還有老虎灶」的那一種（《夢中的天地》，《小巷人物志》第一集「代序」）。這裏有人經由特定情調對一種文化形態的眷戀。

夫，《茶館》中的王利發、常四爺們老北京的標準市民。鄧友梅更令人驚訝不已。這位中年作家所最熟悉也最感興味的，竟是陶然亭遛早的北京老人，以及八旗王公貴族的後人們。你想不出一個當過勞工、進過部隊的山東漢子，打哪兒來的那一整套關於舊北京、北京人、關於旗人生活的知識，[15]和筆底下那份「鄉土感情」的。至於汪曾祺，他的寫《雲致秋行狀》、《安樂居》，也如寫《故里三陳》，無論為北京為高郵，那都是他「爛熟於心」的世界。當著面對這種世界時，也就表現出他素有的極優雅純淨的審美態度。陳建功寫《找樂》裏的一群胡同老人，與其說出於熟悉，不如說出於興趣吧；這興趣卻又是京味小說作者彼此相通的。上述選擇不能不說由於對象形態的穩定性。至於某種文化性格（如旗人），更因近乎文化化石，令人有可能從容地研究、品評。汪曾祺本人就說過這種意思。[16]這又令人想到京味小說對於題材的要求，京味小說既經形成的形式，既經公認的審美規範，作為其成熟性標誌的既有文學傳統，為審美創造設置的限制。形式越成熟，越具有內容的規定性。形式的成熟往往也由它的限定性，它的嚴格的適用性來標誌。你自然想到，擴大包容不能不改變形態。於是，那個題目適時出現了「擴大」與「改變」會否在某一天取消了京

15 關於鄧友梅，汪曾祺說過：「友梅有個特點，喜歡聽人談掌故，聊閒篇。三十多年前，我認識友梅時，他是從部隊上下來的革命幹部、黨員，年紀輕輕的，可是卻和一些八旗子弟、沒落王孫廝混在一起。當時是有人頗不以為然的。然而友梅我行我素。……也正因為這樣，許多老北京才樂於把他所知的掌故軼聞、人情風俗毫無保留地說給他聽。他把聽來的材料和童年印象相印證，再加之以靈活的想像，於是八十多年前的舊北京就在他心裏活了起來」（汪曾祺：《漫評〈煙壺〉》，載《文藝報》1984年第4期）。

16 汪曾祺這樣談到自己：「為什麼我反映舊社會的作品比較多，反映當代的比較少？……過去是定型的生活，看得比較準；現在變動很大，一些看法不一定抓得很準。……對新生活我還達不到揮灑自如的程度」（《回到現實主義，回到民族傳統》，載《北京文學》1983年第2期）。

味小說本身？

通俗小說中有寫「世情」的一派。京味小說往往既重人物，又重世態。也有的當代作品使人感到較之人物似更注重世態。[17]當然，一般地說「寫世態」很難被認為特點。現代小說或許沒有不寫世態的。社會生活也無所不是世態。世態不同於事件，它強調的是空間形象而非時間過程。較之寫重大歷史題材、以揭示「意義」為指歸的一類小說，以及專注於兒女柔情的一類小說，京味小說中確有更豐富的世情、世相的展示，並因而造成相應的結構特點，比如注重橫向的空間鋪展。以鄧友梅作品情節的單純，也往往枝節繁生，隨處設景，如《那五》的寫小報館、「書曲界」黑幕。老向《故都黎明的一條胡同兒裏》鋪排胡同人生相，似漫不經心，意只在「鋪排」。老舍寫於建國後的《正紅旗下》，對於旗人社會的諸種制度、禮俗、家族關係，以至旗人與漢、回民族的關係，無不寫及，幾近於「旗人風習大全」。在別的小說結構中或許會被作為閒筆、令人以為冗贅的，對於這種結構、創作意圖，卻正是「主體」。在這裏世態即「人物」。為了集中地鋪展世相，京味小說還往往採用舞臺化佈局，使諸多生活形態彙聚於同一空間互為襯映，如《四世同堂》、《鐘鼓樓》的寫一條胡同。創作構思與作品結構又造成對於人物描寫的特殊要求。老舍「三言五語就勾出一個人物形象的輪廓來」[18]，而不總像「性格小說」那樣反覆描摹、層層敷染，也方便了世相更多面、更廣泛地呈示。京味小說，尤其中長篇，通常出場人物眾多，人物品類繁雜，就是自然而然的了。世相即人，即人的生存狀態。以人物彙集「社會」，追求社

17 鄧友梅在談《尋訪「畫兒韓」》等作品創作時說：它們「都是探討『民俗學風味』的小說的一點試驗。我嚮往一種《清明上河圖》式的小說作品。作來很不容易，我準備作下去」；見《光明日報》1983年5月12日第3版。

18 老舍：《對話淺論》，收入《出口成章》，作家出版社，1964年2月初版。

會現象、人生形態的無所不包的豐富性，正出於對於世情、世態的興趣。因注重世態而又有描寫中的鋪張，選材的不避瑣細，有情節進行中的種種「過場戲」、小穿插，和人物設置上的因事設人，以至人物隨事件起訖。就這種小說的藝術要求而言，「過場戲」非但不多餘，小穿插的意義也決不「小」，人物的隨事起訖亦不足為病。欣賞這種小說藝術，又賴有古典白話小說的審美訓練。

除上述種種外，造成這批小說中的「京味」的，還有小說家對北京特有風物、北京特具人文景觀的展示及展示中注入的文化趣味。[19] 於此京味又表現為具體的取材特點。《駱駝祥子》（老舍）、《那五》（鄧友梅）、《找樂》（陳建功）寫天橋，《七奶奶》（李陀）寫隆福寺廟會，都寫得有聲有色。足稱鄧友梅小說中一絕的，是《煙壺》的寫德外「鬼市」。[20]作者在那小說裏由「人市」寫到「鬼市」，寫「鬼市」上奇特而又傳統的商品交易方式，令你如親見親聞地渲染出「燈光如豆，人影幢幢」的詭異氣氛。此外，還有澡堂子（《鐘鼓樓》、《煙壺》）、小酒館（《安樂居》、《找樂》）、戲園子（以《那五》所寫為最生動）。

構成「古城景」的，主要是人事。比如作為北京特有人文景觀的北京人的職業和職業行為。京味小說作者普遍注重人物的職業特點、職業文化對於性格的滲透，而且表現出極為豐富的有關知識。傳統職業本身就含蘊有傳統文化，積極參與了人格塑造。為老北京所有的較之他處似更為繁多的職業門類，又積久而散發出北京市民特有的生活氣味，以至於那職業名稱、職業活動方式（包括商販的叫賣方式），

19 這裏要在「文化趣味」。你比較一下老舍作品與蕭乾的《籬下集》。蕭的小說也寫到白塔寺、柏林寺、圓明園，寫到柏林寺的「盂蘭盆會」，卻並無此種「文化趣味」。

20 德勝門外「鬼市」，舊北京主要用於銷贓、買賣來歷不明的商品的所在；此等所在亦稱「小市」。

都因之而「風光化」了。比如《我這一輩子》中的裱糊匠；《四世同堂》中的棚匠（搭天棚的）[21]、「窩脖兒的」（為人搬家、扛重物的）、「打鼓兒的」（收破爛的）；《煙壺》、《尋訪「畫兒韓」》中「跑合的」（買賣的中間人）；《找樂》中撒紙錢兒的（為人出殯的）、「賣瞪眼兒食的」（賣飯館裏的殘羹剩飯）；《鐘鼓樓》中的「大茶壺」（妓院雜役）；以至《那五》、《找樂》所寫作為舊天橋特色的名目繁多到匪夷所思的行當，行當中人千奇百怪的行為方式。[22]這裏正有最濃鬱的市井風味。

於是，寫這城的作者們，又近乎一致地，發展了一種最與北京風格諧調的趣味：知識趣味。由城廂市肆到衣食器用，有時近於知識堆積，卻又令人覺察到作者本人的陶醉，他們對所寫事物的由衷喜愛與讚歎。《紅點頦兒》（韓少華）寫鳥籠，寫鳥、養鳥的學問，筆致備極工細；《煙壺》則由鼻煙而鼻煙壺而製壺工藝，介紹不厭其詳非關作品主旨，訴諸認知，構成特殊的閱讀價值。不同於《正紅旗下》的寫旗人文化，這無疑是一些游離性的構件，浮出於情節、人物之上的「文化」，卻又因這看似游離、獨立，豐富了作品的結構形態。文學本難「純粹」。不摻入審美趣味以外的別種趣味、小說意識以外的其它意識的「純小說」、「純文學」，是讓人無從想像的。

同一種內容，在老舍，或許只是尋常世相，在與他同時的讀者，亦是不必加注的經驗材料，而在當代作者與讀者，則是古董，是文化化石。因而描寫與接受中，又各有不同心態。本來，北京滿貯著的，

---

21 「搭棚匠，裱褙匠，紮彩匠，所在有之，而以京師為精。」語見《清稗類鈔》工藝類「京師之搭棚裱褙紮彩」條《清稗類鈔》，中華書局，1984。

22 上述人物屬於京味小說作者興趣所在的「五行八作」、「三教九流」上層知識分子圈層、政界以及高門巨族、富商大賈以外的小民。這讓人再次注意到，「京味」不是出於對北京生活的無所不包，恰是由於選擇，由於省略。其它「味」也必是如此，否則就只會有三合面、合子菜的那種味的吧。

是歷史，是掌故，是種種文物。這在京味小說作者，自是分上該有的寶貝，因而細細道來，態度有時不免近於收藏家的摩挲古玩。有關《煙壺》的知識，到了鄧友梅寫《煙壺》時，已成為「掌故」，熟於這掌故的作者自然會把玩不已。這種趣味卻是前代作家那裏不大有的。對此也很難簡單地論優劣，不妨作為不同社會環境、文化氛圍影響至創作心理與創作設計的例子。

當代京味小說作者不但由有關文學傳統中發展出上述知識趣味，而且表現出追索淵源的濃厚興趣。說世態，尤其說風俗，往往追本溯源，務要打「根兒」上說起。這裏或許有世事滄桑在京城居民這兒培養起的歷史意識、時間意識？具體「趣味」又因作者而互有不同，比如鄧友梅作品的注重情趣，與劉心武作品的某種文獻性、資料性。劉心武在其《鐘鼓樓》中，考察北京市民的職業狀況和行業歷史、從業人員的構成，舉凡營業員（「站櫃臺的」）、三輪平板車工人、舊中國的職業乞丐（「丐幫」），以及有關人員解放後的職業流向，如數家珍，較之老舍對北京洋車夫狀況的介紹，更追求社會學的精確性。老舍著重於人物的職業性格、氣質，也即「職業文化」。他總能由形及神，由外在狀貌達到內在精神，對於有關材料，不是作為事實材料，而是作為小說材料處理的。劉心武則訴諸解說、分析，表現出有意的「研究」態度：北京市民職業考，或北京市民職業分佈及演變研究，一派莊重謹嚴的科學論文文體風格，是「非小說」的社會考察，而不是結構化的小說內容。同書還以類似態度考察北京人的「婚娶風俗」及四合院的建制、歷史沿革。即使對於人物，劉心武也會顯示出類似態度，比如「北京人心態研究」，且通常都追究到人物的身世、經歷，以及環境的變化等等一種求解的熱情；卻又會因單一的歷史追究而致淺化。因為世間的事物並非都能由歷史考察中求解的，而「解」也通常非止一個。

這種對科學性的追求，這種研究態度，在老舍絕對是陌生的。老舍作品少「學問氣」、「書卷氣」，少有剝離了審美的歷史興趣。他的「歷史」即活的人生形態，而不是別的什麼東西，不是教科書或史著中的歷史陳述。即如對於四合院，老舍感興味的，只是其中人的生活形態、倫理秩序，尤其由這一種生活格局造成的人際關係特點，胡同、四合院生活的特有情調等等。凡此又不能僅由四合院，而要由整個北京文化來解釋。

由上述材料你已能看出京味小說作者們特有的文化價值取向這也是造成「京味」的更為深刻的根據。上文已經說到，老舍在他創作豐收期（30 年代）雖然承續了「五四」啟蒙思想有關中國問題的思考，但那種過於專注的文化眼光已使他與許多「主流作家」不同。更使老舍顯出獨特、極大地影響到當代京味小說創作的，是浸潤在他的作品具體描寫裏的對俗文化、大眾文化的濃厚興趣，其中那往往被文化批判的顯意識、自覺意圖遮蔽的深刻的文化認同，這又正是老舍研究往往輕忽或未加深究的。「趣味」或許比之自覺意識對於說明作品說明創作更根本也更深刻。本書在下文中還要談到京味小說作者在雅、俗（文化、文學傾向）之間的選擇，滲透在作品中的他們關於世俗人生、大眾文化的態度，和包含其中的文化價值判斷。在老舍創作的時期，上述方面是不足以引起注意的；在「文化尋根」中，又因其過於凡俗，過分生活化，非關哲學，非關形而上，非「原始」，非邊地文化而被忽略。京味小說以那被普遍忽略的方面確認了自己，確認了自己的身份、面目和位置。當然，「獨特」本身並不就是價值。在自我選擇中，京味小說同時選擇了自己的優長和缺欠，也就選擇了自身命運，它的生機和危機。

自主選擇，自足心態

在京味小說確認自己面目的諸種選擇中，極其重要的一種選擇是，選擇與讀者與普遍文學風氣的關係。這通常也正是對於「位置」的選擇，在任何創作者都含有嚴重意味。

不能設想會有哪個文學作者沒有他意識中的讀者群。完全不計及「接受」的創作，很難說還是一種社會行為。郁達夫有他的對象意識，否則他那種誇張的情感態度就難以解釋。那決不會是一味的自我情感滿足。他強烈地意識著對象，並有意無意地在博取同情。（這裏或者也多少有一種「弱者心態」？）而他那些熱情放誕的痛哭狂歌，在當時所能指望的共鳴只能來自青年。魯迅說過自己的作品是非有相當的人生歷練而不能懂得的。[23]這種意識不可能不參與他的創作過程。或許多少也因了這一點，他曾被激進青年所誤解，被目為「老人」、「老頭子」，被譏為「落伍」。然而魯迅的小說、雜感固然苛求讀者的理解力，卻仍然是寫給當時有思想追求的青年、先進的青年知識者的。老舍也有他的對象意識：包含在他的作品、他的風格選擇、他的創作方式裏。他的作品也訴諸有一定閱歷的人們，但它們選擇的首先不是思想能力，而是具體的生活智慧，以至閱讀者的心境、情趣，與領略文字趣味的審美修養。它們不是（或曰「首先不是」、「主要不是」）寫給當時的「熱血青年」的。較之魯迅，也較之葉紹鈞，較之40年代的聞一多、朱自清，老舍和青年始終有著另一種聯繫。僅僅這一點，就足以使他與「五四」以來的主流文學之間現出若干空隙。

「五四」新文學的青春氣象，其表徵之一，即以青年（又指青年知識分子）為作品人物，為讀者對象，向同時代的青年尋求感應、共

23 魯迅說：「我的文章，未有閱歷的人實在不見得看得懂，……」（《致王冶秋》，1936年4月，《魯迅全集》第13卷第350頁）

鳴。這種情況一定程度上影響到新文學三十年的總體面貌。也許可以不誇張地說，新文學三十年的存在，極大地依賴於主要由進步青年構成的進步讀書界。老舍當弄筆之初，也如當時的一班作者，是青年。但他卻非但不追求這種感應，而且在其早期作品中對於青年中的激進傾向持挑剔態度（如《趙子曰》等）。還不僅於「早期」。他所最熟悉的一種知識青年，是耽於幻想、不能行動，被稱為「新哈姆雷特」的，這也是為他所一再嘲諷的青年一型（《新韓穆烈德》、《歸去來兮》等）。在父與子對照描寫的場合，用於兒子的筆墨較少成功（如《二馬》、《離婚》等）。即使上述種種姑置不論，他的經驗的瑣細性質，那種新文學中的俗文學成分，那種過分講求的文字趣味，在那個風起雲湧的大時代，也很難指望熱血沸騰的青年關注（他們往往沒有此種心境），更不消說共鳴。「共鳴」也確非老舍所追求。較之其它同代作家，老舍的作品更像是一種「中年的藝術」，其中更有「中年心態」。[24]那份從容、穩健（包括政治態度），獨立於一時興趣中心的不迎合的神情，都隱約可辨中年標記。[25]

這種對象意識，竟也能在當代京味小說作者中找到對應物或者較之文學前輩，更是一種自覺意識。新時期文學有著類似於「五四」文學的青春氣象，其關於讀者對象的假定也與「五四」文學相近。相當一些作家（尤其青年作家）的創作，是以青年的社會敏感、變革意識，以他們的審美取向，以他們的哲學熱情、人生思考、人生價值追

24 老舍作品在這一點上多少讓人想到市民通俗文學。後者即非以急進青年、而以有相當閱歷、人生經驗、常識、世故、歷史知識（「演義」式的歷史知識）的市民為對象。當然其間的差別又是顯然的，我將在本書第五章中談到。

25 藝術上的成敗也多少聯繫於對象意識。老舍說自己是個「善於說故事的」，說給他選定的聽眾。當著沒有嚴格的對象選擇時，他會太討好，用力太過，而「理想的對象」總能使他節制，適可而止。這節制中有對聰明的讀者的尊重，在尊重中也就找到了自己的自尊感。

尋，以至以他們的探險意向，尋求陌生、奇特、刺激等等心態為一部分依據的。當代京味小說作者關於讀者對象，顯然有另一番假設。他們作品的風俗趣味、歷史趣味，尤其文字趣味，提出的是對讀者條件、閱讀條件的不同要求。當然，其中的青年作者有其特殊選擇；當代京味小說中的知識趣味，也適應了青年讀者的認知要求。但如《煙壺》、《那五》一類作品，顯然是寫給有一定閱歷，至少略具清末民初歷史知識，對老北京有所瞭解的讀者們的。那種談論掌故時摩挲把玩的優雅姿態更難為一般青年所欣賞。鄧友梅在其小說集《煙壺》的《後記》中說：「我向來沒有趕浪潮的癖好，也不大考慮市場行情，我寫了就拿出去發表。」[26]這倒是京味小說作者中較為普遍的態度。由此不也令人約略認出某種北京人的風神？有時豈止是不趕浪潮，簡直是怕過於「時新」。汪曾祺說自己「願意悄悄寫東西，悄悄發表，不大願意為人所注意。」[27]在講求功利的現如今，這的確近乎古典風格，傳統心態；也令人覺察到老派北京市民的自足神情自個兒樂自個兒的。

這種心態勢必影響到審美表現，在完成風格時使作品付出代價。比如，因不「取悅」、「迎合」青年，老舍作品雖則承續了「五四」啟蒙思想有關中國問題的思考，其情感形式卻正少了「五四」特徵。在某些當代作家，不趕浪潮，有時也使他們在自足中淡化了時代。當然，付出上述代價時他們確也顯示出藝術創造中的獨立性，不鶩新、不追逐時尚的較為穩定、一貫的文學選擇。因而《鐘鼓樓》寫改革期中的北京，卻不便算作「改革文學」；當代京味小說作者發掘民俗、發掘北京文化，也不便歸在「文化尋根」的大旗下。這裏又有風格的真正成熟。因「自足」，與自主的文學選擇，使鄧友梅可以坦然聲

26 《煙壺》(上海市：上海文藝出版社，1985年)。

27 汪曾祺：《回到現實主義，回到民族傳統》，見前注。

稱：「我的作品不會和任何人撞車。」[28]雖不一定大紅大紫風頭十足，依據經驗的獨特性和表現的個人性質，他們也許較之別的作家更能確認自己的價值。這也才有所謂「自足心態」。在認識自己的局限，認識個體生存意義的有限性之後對自身存在意義的確信，從來是一種更成熟、穩定的自信。這些作者，或許所佔據的總也不是文學舞臺的中心，扮的總也不是最得彩聲的角色，那卻是他們最便於施展的一方舞臺，演來最得心應手從容裕如的角色。他們也確實在這方舞臺上，把一種藝術完善得近於極致，他們又緣何不自足？藝術創造的境界，在有的京味小說作者，也正是人生境界北京人的神情意態又在這裏隱現著。這才有骨子裏的文化契合，有從最深潛隱蔽處發生的文化認同：城與人，城的文化性格與人的文化氣質。同時這種自主選擇中包含的文學意識，又聯繫於某種現代品格，或者說契合了「現代」，中國文化傳統、文學傳統中的某些因素，中國知識者精神傳統中的某些因素與現代意識的合致。這麼些年來，不論外界何種潮流及潮漲潮落，他們都耐心地寫那份生活，精心地琢磨文字。京味小說雖時像大國，時如小邑，但總有佳作問世，新的作者出現。對於京味小說作者的上述態度，評價自會因人因時而有異，其得失確也讓人看得分明。但這總還不失為一種可喜的態度，而且相信有關作者對於別人做何評價，壓根兒不會在意。

審美追求：似與不似之間

中國現代文學史提供的城市形象中，北京形象無疑具有較高的審美價值：最完整，被修飾得最為光潔的「城市」。現代作家也以大量

---

28 鄧友梅：「別的方面我確實不如大家，但有一點我是可以自負的，我的作品不會和任何人撞車。……我寫的人物只有我熟悉，這是別人無法和我重複的」(《略談小說的功能與創新在小說創作講習班的講課（摘要）》，《北京文學》1983年第9期）。

筆墨寫上海，那形象是蕪雜的，破碎且難以拼合。而郁達夫、周作人、林語堂等現代作家對於北京文化的體驗，卻統一到令人吃驚。出諸老舍之手的北京形象創造，更具有美感的統一性，和無論文化意義還是美學意義上的完整性。從現代到當代，文學關於上海，始終在發現中。文學關於北京，卻因認識的趨近與範本的產生而易於保持美感，形成彼此間的美感統一，同時難有既成形式、規範外的創造、發現京味小說為其創作優勢付出的代價。

正如「北京文化」出於有意的省略，「京味」出於自覺的選擇。北京形象的美感統一，這一形象的美學意義上的完整性，它所達到的近於純淨的美感境界，也因作家們的有所不寫。這裏有創作過程中來自文化意識、倫理意識、審美意識等等方面的協同節制，其中更有成熟了的形式對於內容的選擇與限定。[29]大略地看一下你就不難發現，由老舍到當代京味小說作者，往往避寫醜的極致，甚至避寫胡同生活中的鄙俗氣（自然亦有例外），足以損害美感、觸犯人的道德感情的那種鄙俗氣，比如市儈氣；[30]基本不寫或不深涉政治鬥爭；不深涉兩性關係，極少涉筆性意識、性心理（《駱駝祥子》是精彩的例外），等等。正是這「有所不寫」，使有關作品中的「生活」不同程度地單純化了。那多半是一個提純了的世界。這種保持美感的努力，不能不妨礙著對現代社會的發現，限制了向人性的深入，以致造成風格的缺乏現代色彩。

據說曾有人建議老舍寫康熙，而老舍辭以經驗材料不足。不長於

29 形式愈成熟，即愈有選擇中的限定，不但是有所不寫，而且是有所不能寫形式的排異性。

30 京味小說作者不避粗野、愚昧，如蘇叔陽的《畫框》，汪曾祺的《安樂居》，更如非嚴格京味的陳建功的《鬈毛》；卻不免會規避市儈氣這一種鄙俗氣。《畫框》中的青年固然粗野，其對於師傅的關切，又透出心地的純良。《鬈毛》的敘述語言粗俗之至，人物無論鬈毛還是蓋兒爺仍有超出鄙俗功利的人生理解和不失淳樸的道德感情。

寫上層，或因經驗限制；不長於寫巨奸大猾，則因經驗與認識能力、思想力的雙重限制。不切入惡與醜的深處，是難以獲取巨大真實的。修飾得平滑圓整的世界固然悅目，卻往往少了潑辣恣肆的生命力量。

老舍的創作，僅據其取材於下層人民生活，注重細節刻畫，和通篇的具體性與感性豐富性，可大致歸入寫實一派；人們通常也正是這麼歸類的。但這要求「寫實」的概念極具彈性。「現實主義」的確是個太大、因其「大」正在失去界限的概念。仔細的審視會使你發現，老舍作品與同時期（我指三四十年代）的現實主義創作有不同的藝術淵源。他所承繼的，首先並不是 19 世紀巴爾扎克等為代表的現實主義文學傳統。如我已一再提到的，老舍以及當代京味小說作者，並不追求描寫社會生活時所具有的反映論意義上的真實性，不追求長期以來為人們所理解的現實主義藝術的鏡子般的精確性。他們強調選擇對於對象的選擇，同時還有創作主體與對象間關係的選擇。這一種風格並不尋求逼肖，無寧說尋求的是「似與不似之間」，是神似。這裏正有中國傳統文學中極為發達的審美意識。京味小說的藝術成熟性，也在於它們脫出摹仿追求情調，「味」，以至更具體的筆墨趣味。在結構佈局上，你可以分明看出「中國的從二開始並以二為基本的數學變化思想模式」[31]，即圖景的完整、均衡；人物設置上，則表現為行當齊備，性格成對出現（對稱性），等等並非摹仿生活的自然形態，而是以材料適應形式要求，適應既有的風格設計。

文字方面，京味小說作者強調本色，「原汁原湯」，力求平實淺易，也決不以「本色」等同於「原色」。較之一般創作，無寧說更致力於文字的藝術化，追求平實淺易中的語言功力。那種「本色」也因而離語言的自然形態更遠。文字美感屬於形式美感，文字運用中的上

31 金克木：《比較文化論集》第27頁，三聯書店1984年版。

述美感節制，不能不有效地制約著對材料的選擇與表現。這也是一種在實際創作過程、創作心理中極關重要的節制。凡此都與中國傳統文學的審美境界相通。不見經營的經營，「無跡可求」的藝術努力，以至於俗中的雅，平實中的雕飾，似無選擇的選擇。這種小說所要求於鑒賞的，是不斤斤於以生活的自然形態為尺度的那種「真實」，而感受其形式美，領略其味，尤其筆墨趣味。在老舍創作的當時，這實在是一種極其注重形式因素的風格。然而這種與流行寫實藝術的差異卻被籠統的「寫實」給忽略了。京味小說對內容的選擇和對形式的強調，使其提供了高度藝術化、組織化了的「北京」。但我仍要不厭其煩地說，造成成就與限制的，通常正是同一個東西。

如果再回頭看前文中的那種比較，你的感想會複雜起來。上海形象是蕪雜、不完整的，但是否也因此有關的形象發現會更生氣淋漓呢？寫上海諸作的藝術非統一性，是否也孕含著更廣泛的可能性，更多種多樣的選擇，以至在將來的某一天推出較之「北京」更為深刻豐富的城市性格？即使在老舍的時代，文學關於上海的發現也已達到了相當的深廣度了。如茅盾關於上海工業、金融界的描寫，「新感覺派」對上海上流社會消費者層的生活氛圍的傳達，張愛玲對上海舊式家族、中產階級家庭生活場景的驚人細膩的刻繪。沒有先例，沒有範本，又造成著機會與可能，激發尋求與創造。較之那個蕪雜的「上海」，「北京」有點兒過於光潤了。它的過於純淨的美感，過於純正優雅的文字趣味，過於成熟的形式技巧，都令人看得有些不安，怕正是那種「純淨」、「純正」、「優雅」，使它失去了自身發展的餘地。我在這裏想到了老舍關於北京文化說過的話，關於北京文化「過熟」、「爛熟」的那些話。老舍當時自然未及想到，由他本人完善著的這一種風格，也會有一天因「過熟」而少了生機。

極端注重筆墨情趣

這是剛剛提到過的話題，在本書第三章「方言文化」部分還要鋪開了再談。因為文字風格是京味小說最為醒目的標記。也許可以這麼說，「京味」在相當程度上是一種文學語言趣味。在其佳作中，那實在是一種極富於同化力的文字。它觸處生春，使得為其所捉住的一切都審美對象化了。在描述這樣貼近的生活，處理如此庸常的人生經驗時，也許只有那種語言，才能在一開始就營造起藝術氛圍，將作品世界與經驗世界區分開，從而使創作與閱讀進入審美過程。

京味小說對於對象的依賴，很大程度上是一種語言形式的依賴。即使「鄉土文學」對「方言文化」的依賴是規律性現象，在你將京味諸作與現有其它味（如上海味、蘇州味，以至於寫鄉村的湖南味等等）的作品比較時，仍能發現京味對於方言文化的超乎其它味的依賴程度。這也從一個極重要的方面，解釋著這種風格何以達到了現有水準。而把這種語言趣味本身作為追求，又的確更是當代京味小說興起以來的事。三四十年代，能以京白寫小說的並不乏人，老舍外，老向更樂於自稱「鄉下人」，寫鄉俗人情；蕭乾則注重個人情感經驗的傳達，而較少表現出對於方言作為「北京文化」的意識。[32]這也繫於當時的文學風氣和普遍的語言觀念。

京味小說作者較為發展了的審美意識，突出地表現在他們強烈的語言意識，和對於北京方言功能的不斷發掘上包括當代青年作家對於北京新方言的發掘。也正是這種連續的發掘過程維繫了京味小說的風格連續性。京味小說中的佳作使你感到，作者不止於關心表達方式，而且沉醉於「表達」這一行為本身。他們追求語言運用、文字驅遣中的充分快感，語言創造欲的充分滿足。也因此這是一種充分實現了的

32 蕭乾近年來寫《北京城雜憶》，用了味兒十足的京白，亦出於風氣的影響。

文學創造的境界。並非所有有成就的作家，都企望並達到過這種境界的。你或許不難發現，京味小說作者的語言意識，正與作為北京方言文化的重要內容的北京人的方言意識聯繫著，那種語言陶醉往往也是北京人的。這種發現會誘使你進一步搜尋京味小說作者作為北京人表現在語言行為中的特有情趣，他們對於北京、北京文化的情感態度，並經由語言意識、語言運用中豐富的心理內容瞭解北京人。京味小說作者在這裏也如在其它方面，不止於一般地汲取北京人的文化創造，他們還把北京人的某種文化精神體現在了創造過程、創作行為中了。[33]

非激情狀態

不苟同時尚的自足心態，即易於造成「非激情」的創作狀態。在實際創作過程中，強烈的形式感，對語言表達的沉醉，也足以使創作者脫出激情狀態。內容選擇上的避寫醜的極致，不深涉兩性關係，也是在選擇一種情感狀態。至今人類最強大的激情，仍然是在對於惡的挑戰以及性愛一類場合發生的。

老舍的同代人巴金曾經反覆做過如下自我描述：「每天每夜熱情在我的身體內燃燒起來，好像一根鞭子在抽我的心，眼前是無數慘痛的圖畫，大多數人的受苦和我自己的受苦，它們使我的手顫動。我不停地寫著。……我的手不能制止地迅速在紙上移動，似乎許多許多人都借著我的筆來傾訴他們的痛苦。我忘了自己，忘了周圍的一切。我變成了一架寫作的機器。我時而蹲在椅子上，時而把頭俯在方桌上，或者又站起來走到沙發前面坐下激動地寫字。我就這樣地寫完我的長篇小說《家》和其它的中篇小說。……」[34]

---

33 具體分析見本書第三章「方言文化」部分。

34 巴金：《文學生活五十年》，《巴金論創作》，上海文藝出版社1983年2月第1版。

老舍自稱「寫家」。「寫家」這概念強調的應當是「製作」而非「表現」；其中還包含有自我職業估價，那是極質樸並略含謙抑的：寫家而已。既是寫家，即不至於神智瞀亂，陷於迷狂。老舍曾談到他寫作《牛天賜傳》時，因係長篇連載，「每期只要四五千字，所以書中每個人，每件事，都不許信其自然的發展」。而當《駱駝祥子》開始連載時，「全部還沒有寫完，可是通篇的故事與字數已大概的有了準譜兒，不會有很大的出入」。「故事在我心中醞釀得相當的長久，收集的材料也相當的多，所以一落筆便準確，不蔓不枝。」[35]這種近於工匠般的製作活動難以想像會有巴金似的「非自主狀態」。你即使僅由閱讀也可以感到作者寫作過程那井然有序中的自主控制。這些作品顯然不是放任了的激情與想像的結果。曾有不止一位作者談到過他們筆下人物的「主動行為」，情節自身的能動推進。這種情況在老舍那兒即使發生過，也一定是偶然的。他更經常地表現出的，是對他的故事、人物的清醒控制。因而他筆下的圖畫少有朦朧，筆觸少有不確定性，少有意向未明缺乏自覺目的的勾勒。當著世界形象可以用過於確定的線條勾勒時，這世界必定帶有抽象性質，儘管建造它的材料件件具體。老舍作品世界的模型式的完整性中，就有這種抽象性。

當然絕對可控又不成其為創作，因而有《微神》中的神思迷離[36]，有情節進程中的某種半自發傾向，如《駱駝祥子》的後半部。老舍的其它作品有時也會令人感到並非出自嚴整的創作計劃的實施，你能觸摸到始終在形成中的創作意圖。一邊寫著，一邊尋找，即使極有經驗的工匠也不能不憑藉偶然來襲的靈感的吧。

35 老舍：《我怎樣寫〈牛天賜傳〉》、《我怎樣寫〈駱駝祥子〉》，見《老舍生活與創作自述》（北京市：人民文學出版社，1982），頁43、47。

36 即使《微神》也仍然是清醒的「記夢」，而非神思迷離狀態的直接呈現。那種記述的清晰性正說明著老舍經常性的創作狀態。他是清醒的意識清明的夢者。

文學創作又自不同於工匠的製作。在老舍，那多半賴有藝術家以知覺與概念糅合為一的心理能力。形象在記憶和有目的的選擇中，保有著鮮活的感性形態；創作者在選擇的自覺與不斷進行的估量判斷中，維持著生動的感覺能力。老舍的情況正是這樣。對於自己創造的那世界，老舍並不忘情無我地參與，他也不誘使你參與，要求你與他的人物認同。他的作品較之逼真性更關心情味、形式美感，也不足以造成那種心理效應。於是，你由他的文字間感覺到的，是世事洞明的長者，不是如巴金那樣平等對話的青年的朋友。他不鼓勵你的幻想，而是引領你看世態，同時不使你失去清醒的自我意識。他的不忘情無我卻又不足以造成「間離效果」。老舍的作品在這裏無寧說更讓人想到市民通俗文藝：說書藝人在對自己所說人物故事的鑒賞中意識到自己鑒賞者和講述者的雙重身份。很難想像一個說書藝人會像浪漫詩人那樣浸淫於自己造出的情境，直接以幻想為生活，物我兩忘或物我一體。鑒賞著同時意識到自己的鑒賞，描述著而又對自己所描述的以至自己所用以描述的有清醒意識這也許正是老舍的「寫家」所意味的？

這裏又有新文學史上那幾代作家共同的認識特點，他們在創作中與對象世界的關係。他們所描寫的是「已知世界」。這兒有全知視角背後的認識信念。京味小說的明亮清澈，其藝術上的單純性，也多少聯繫於上述信念。這種信念只是到了新時期文學中，才顯得「傳統」。

過分清明的意識，是不免要限制了感覺、幻覺的。人們寧願老舍犧牲一點他的心靈中向不缺乏的均衡與和諧，保留一些原始狀態的夢不無粗糙的感覺與意念，未經「後期加工」的感官印象和內心體驗。過於自覺、富於目的感的藝術選擇，從來不是最佳的選擇；這種選擇有時破壞而非助成理想的創作狀態。老舍是太成熟的人，太成熟的中國人，太多經驗，以致抑制了感覺，抑制了恣肆的想像和熱情。「非激情狀態」參與調和了極端性（在有些作者那裏則是太極端而缺少了調和），難得的是大悲大喜大怒，難以有「巨大的激情」。據說「只有情感，而且只有大的情感，才能使靈魂達到偉大的成就」。[37]因而他是藝術家，卻不能成為超絕一世的藝術家。那樣的藝術家既有強大的理性又有無羈的夢思，他們的思維有其軌道又能逸出常規而馳騁；他們既是日神又是酒神，同時賦有阿波羅與巴庫斯兩重神性。老舍的情形又令人想起那城：或許正是北京人的優異資秉限制了他。由經驗、世故而來的寬容鈍化了痛感（使之不易體驗尖銳的痛苦，像路翎那樣），節制了興奮（使不至於熱狂，如巴金通常表現出的那樣）。這使他顯得溫和，有時也顯得平庸。

必須說明的是，這裏說的是創作狀態，創作中的情感狀態，而非作品的情感內容。非激情的創作狀態並不就導致作品的非激情化。老舍作品是有內在激情的。他的《離婚》、《駱駝祥子》、《我這一輩子》、《四世同堂》以至《茶館》，都有傷時憂世的深沉感情。但也仍不妨承認，非激情的創作狀態與思想能力的薄弱，確也限制了情感達於深刻。老舍就氣質而言是天生的散文作者，這也使他顯得特別。那個時代較為傑出的作家都或多或少地是個詩人。這是一種時代性格，時代氣質。老舍的創作活動因而有最平凡的特點，既不神聖，也不神秘。寫作是他的生活。老舍樂於強調這種平凡性。「非激情」所反映的，或許也多少是這種心態？

文學創造要求強烈的文學語言意識，然而創作過程中過於強烈的語言意識又會妨礙幻想的高揚。或許對於語言，也應既意識又不意識，意識而又能忘情的吧。這裏難得的也是其間的平衡。因而我疑心

37 狄德羅：《哲學思想錄》（《狄德羅哲學選集》第1頁，商務印書館，1979）。同篇中狄德羅還說：「情感淡泊使人平庸。」「情感衰退使傑出的人失色。」

正是中國文人的筆墨趣味，使老舍的作品更能臻於中和之美，樂而不淫，哀而不傷。

佛洛德的以夢來描述創作狀態，並不能從 20 世紀中國的文藝實踐中得到足夠充分的證明。近乎理想的，大約是介於迷狂與非迷狂、激情與非激情、投入與非投入、參與與非參與之間的那種狀態，是上述狀態間的平衡。但那或許只具有理論意義。我們應當慶幸的是，正因實際狀態的不理想，才使我們有了風格千差萬別的藝術創造，這也如造物的不圓滿才成人的世界。每種風格都非平衡，有傾斜，都因所得而有所失。即如老舍，你會遺憾於他的作品缺少了蓬勃滿溢的生命力量，卻又會想到在一時期文學的全景中，老舍正以其均衡以其安詳襯托了騷動的激情，以其寬容襯托了強烈峻急。人類心靈要有極端性、要有巨大的騷動不安才更能達到深刻；卻也要常態，穩態，中和境界。眾多藝術家各依其性情稟賦的創造，才最終構成瑰麗的藝術世界。

最後還得說，每一種概括都以有「例外」為條件。用「非激情狀態」概括京味小說的創作狀態，自然太過籠統了。以此也許可以大致描寫老舍[38]，以至於描寫汪曾祺、鄧友梅，卻難以描寫劉心武。劉心武是有強烈的參與意識的。但他近作中的考察態度，至少是一種效果上的「間離」。鄧友梅亦有其激情，比如講述掌故時的那種陶然陶然卻還不至於忘情，亦出亦入，意態依然安閒。

介於俗雅之間的平民趣味

克萊夫．貝爾曾談到文藝復興運動的知識分子性質。這看起來不

38 即使老舍的情感態度也是複雜的。他寫及自然物，寫及兒童、小動物時的親昵，他寫到北京風物時的陶醉；由人而愛及萬物，愛及整個屬人的世界。這不消說也是情感的投入，即使算不上「巨大的激情」。

免像是一種倒退，似乎是，在藝術活動中知識分子與下層人民更加分離了。人們也可以從這一方面談論「五四」新文化運動。瞿秋白二三十年代已經用了無以復加的嚴峻態度這樣談論過了。[39]與那些囿於所屬文化圈、自得於有限的接受範圍的新文學者不同，瞿秋白力圖由總體文化格局，闡明新文學的實際處境。「新文化圈」，與相比之下顯得廣大無比的大眾文化，是中國現代史上又一種文化分裂現象，複雜化了這一時期原已複雜不堪的文化格局。當時極落後的研究手段，不可能提供統計學的材料以證明新文化之於大眾的影響及影響方式比如以對新文學出版物的傳播、流通情況的計量分析，確認其實際波及域、直接影響域。然而僅由出版物的印數上，也能約略得知個中消息。中國現代史上的精英文化主要來自「外鑠」，並非由大眾文化中選擇、淘洗、提純的；這使它在一段時間裏，不能不成為獨立自足的文化島，而缺乏與大眾文化間的交換。「五四」以後知識分子規模空前地走向大眾，和在實際上與大眾間空前擴大的文化分隔，是極有趣味的現象。走向大眾的知識者及其精神產品，經歷著大寂寞。而在中國漫長的「中世紀」，文人創作與民間創作倒像是有過更親密的形式上的聯繫。這使得「五四」新文學由形式到內容的知識分子化也像是一種倒退。今天這個問題已不再能困擾我們。縱然中世紀城堡中的貴族和茅屋寒舍中的農民在精神上有過怎樣的平等（？），我們仍然樂於在一個時期拋棄關於這種「平等」的幻想。我們寧願歡迎上述平等的破壞，從而指望更高層次上平等的建立。

「五四」新文化運動、文學革命在當時的確是、也只能是知識分子的運動，因此它才有可能成為影響深遠的運動。即使在「大眾化」

39 參看瞿秋白《普洛大眾文藝的現實問題》（1931年10月）、《文藝雜著・荒漠裏一九二三年之中國文學》（1923年10月）等文，收入人民文學出版社《瞿秋白文集》。

這一較為具體的方面，「五四」啟蒙主義者的呼聲儘管微弱，「五四」新文化運動仍然是使文學藝術走向民眾的真正開端因其不止於形式上的襲用從而是更其偉大的開端。

如果我在這裏把老舍也把其它京味小說作者描寫成徹底洗去了知識分子氣味的平民詩人，那麼這種甜膩膩的描寫不但是虛偽的，而且對於被描寫者決不是一種光榮。老舍確曾說到過，他的作品是寫給市民和知識分子看的。然而由他自《離婚》以後的作品看，還應從這裏合乎實際地刪除「市民」二字。老舍的作品在當時是寫給知識分子的，寫給「五四」運動以後的知識者層。這一方面以及其它方面使它們屬於新文學而非市民通俗文學。它們提供的是知識分子的社會人生思考，和思考市民社會、市民人生的知識分子視角、趣味。這裏即包含有創作者與其描寫對象間的「不平等」(強調「平等」也從來不是出於文學自身的要求)。在這一方面，平等的倒是被新文學作為對立物的禮拜六派、黑幕小說等與市民趣味、市民意識、市民智力水準的平等。

老舍對於市民社會的文化批判態度不可能出自上述意義上的平等感，而只能出於知識分子意識。他的幽默作為智慧的優越感，也是一種非平等感。指出上述事實就有可能劃出界限，確定前提，使下文中不至於有概念、界限上的混淆。因為無論老舍在他的時代，還是當代京味小說作者在新時期文學中，又都確實表現出一種異於同代作家的「平民精神」，一種與生活與文學的獨特聯繫。或許可以稱之為平民化的知識分子趣味？

欣賞俗世中的俗人俗務，肯定瑣屑人生的文化及美學價值的，並不都出於近代意義上的「平民化」。《儒林外史》以王冕的故事開篇，書中寫杜少卿攜娘子醉酒遊山，以市井四奇的故事煞尾，都包含有對俗人俗務的價值態度。有士農工商的區分，即有對分界的超越。中國的「中世紀」並不如中世紀的歐洲那樣階級壁壘森嚴，故而文人雅士偏能以混跡俗人俗世為飄逸，以世俗生活中的脫俗姿態為超拔，以不避俗務瑣務甚至不避工匠式的勞作為灑脫。作為知識人極其入世的人生姿態，其中很難說不包含有對凡俗人生的通脫認識與理解。這理解、估價中正有士大夫的自我意識，以士大夫而與俗人俗世的那一種文化認同（而且往往清醒地意識到這認同，表現為自我肯定，自我欣賞）。老舍與當代京味小說作者的態度，多少也出於上述傳統，在現代社會，只能是一種更為知識分子化了的平民精神。「五四」新文化運動中知識分子的先覺身份、啟蒙使命空前強化了知識分子意識。六十年後，恰像對於「五四」運動的遙遠回應，以知識分子為主體的思想解放運動，再次強化了知識分子意識。正是在這種背景上，老舍那種親近俗人俗務的平易神情才顯得獨特，當代京味小說作者那入世近俗以俗為雅的文化趣味，又與同代作家顯出了若干區別。

京味小說作者有他們自己的經驗世界，老舍曾說到自己愛交「老粗兒」，「長髮的詩人，洋裝的女郎，打微高爾夫的男性女性，咬言咂字的學者，滿跟我沒緣。看不慣。老粗兒的言談舉止是咱自幼聽慣看慣的」。[40]鄧友梅自己說過，他有不少陶然亭遛彎兒的三教九流的朋友。劉心武的平民姿態更是一種「姿態」，在在表現出強烈的知識分子意識。但那畢竟是一種姿態。對於被同時期文學漠視的胡同下層居民的關切與理解，出自悲天憫人的人道主義情懷。青年作家的情況有所不同。然而如陳建功對胡同深處「找樂」的老人的那份體貼，在同輩作者中也是罕有的吧。

---

40 老舍：《習慣》，載《人間世》第11期（1934年9月1日）。上流社會不但不是老舍的，也幾乎不是整個中國現代文學的經驗範圍，這一點與19世紀俄國文學不同。這與中國現代作家的經濟地位有關。老舍的愛交打拳的、賣唱的、洋車夫等，姿態又見出特別。

精英文化中的俗文化趣味而且是自覺的、服務於既定美學目的的俗文化趣味，使京味小說較之其它嚴肅文學作品有別味、別趣。這裏有北京文化提供的便利，京味小說作者所遭逢的特殊幸運：北京俗文化的審美價值、可再造性、作為新藝術材料的可能性。

平民精神在創作中，主要是一種包含價值判斷的情感態度，具體化為筆墨間的親切、體貼，作為底子的，是作者的人生態度。那是一種與世俗人生認同的態度。即如老舍，在現代作家中，他從頭到腳都是現世的、入世的，幾無任何形而上的玄思，無郁達夫式的遁世傾向，極少浪漫情緒，難有超越追求。他是個天生的現實主義者，較為狹隘意義上的現實主義者。其平民精神決不像流行文學那樣外在，它不只是一種文學語言現象，而有更深層的基礎。這不僅僅是知識分子對於凡庸小民，而且也是人之於人的人生價值認識上的平等感。老舍所說的「寫家」因而又有了更豐富的意味。寫作無非如匠人做工，藝人做藝，在謀生意義上是平等的；寫作在「謀衣食之資」這一點上也是更平凡的。這又是近現代寫作職業化之後才有可能發生的職業平等觀念。老舍出於其與市民社會的生活與精神聯繫，出於他獨特的人生理解人生價值估量而有這種平等感，當代京味小說作者則因知識者的某種精神傳統，也因大動亂後的人生領悟而獲得了這種平等感。[41]

與 30 年代的大眾化運動不無聯繫而又自有淵源、思想根柢，這裏強調的是為那一運動普遍忽略的更為具體、瑣屑、形而下的生活理解，人生理解，是包含在作品中的文化認同。至於文字風格的俗白淺易，無寧說更出於美學目的，而較少社會學旨趣。他們追求的實則是淺俗中的雅趣。[42]對於人生對於文字，中國知識分子明於雅俗之辨並

41 契訶夫曾說過，除了告密信之外他什麼都寫，老舍也可以說類似的話。這對於中國的文人雅士，也許比別的什麼都更能表明非貴族傾向，一種樸素平易的平民態度。

42 這也是一種區別於俗文學的「俗文學趣味」，介於雅俗之間。上文中已談到、下文

特具領略俗中的雅的那一種能力。其間的尺寸在創作實踐中卻難以掌握得恰到好處。古人論畫曰「甜俗二病不可救也」。寫俗世俗人、親近俗務，並不就是審美態度。京味小說的好處正在，寫俗世而不鄙俗，能於雅俗間調劑；文字則熟而不甜，透著勁爽清新。這些極重要，或可認為是京味小說藝術上的優劣所繫。正因內容近俗，更要求審美的嚴格控制，水準往往也確是在此間波動。優秀的京味小說作品能以俗為雅，體現「平民化的知識分子趣味」，與市民通俗文學又與同時期其它嚴肅文學從兩個方向上區分開來而獲得自己的面目。至於京味小說與通俗文學的區別與聯繫，本書還將繼續探討。

幽默

北京藝術的喜劇風格（最突出地體現於相聲、曲藝）或多或少也緣於清末以來的歷史生活：京城所歷風雲變幻的戲劇性、喜劇性；京都小民苦中作樂、冷眼看世相的幽默傳統；沒落旗人貴族諷世玩世及自諷自嘲的傾向這兒也有諸種因素的彙集。其中滿族人、旗人的幽默才能是不應被忽略的方面。這可能是失敗者的幽默，卻也因「失敗」更顯示了一個民族的優異稟賦與樂天氣質。

幽默作為創作過程中的作者心態，通常正是一種非激情狀態，其功能即應有對於激情、衝動的化解。老舍曾被稱為「幽默大師」，因此而被捧也因此而被批評。鑒於新文學的嚴肅、沉重的性質，不妨認為老舍式的幽默出於異秉，儘管這幽默也不免有《笑林廣記》的氣味。幽默作為一種智慧形態，在專制社會，通常屬於民間智慧。北京市民中富含這種智慧。帝輦之下的小民，久閱了世事滄桑，又比之別

中還要談到諸種「之間」。中間狀態、間色，或許也是成熟性的標記。真正成熟的文學風格總難簡單地歸類，難以一種標準界定，通常也正在「之間」。這裏則有精英文化與大眾文化，嚴肅文學、純文學與通俗文學之間分界的相對性。

處承受了更直接的政治威懾。有清一代北京市民中大大發展了的語言與幽默才能，一方面出於對上述生活嚴峻性的補償，另一方面，如上所說，也由於歷史生活固有的幽默性質。滿清王朝的覆沒，帶有濃厚的喜劇色彩。大凡一個王朝終結，總要有種種怪現狀。清王朝由於極端腐敗，更由於其腐敗在近代史特殊的國際環境中，更增多了荒唐怪誕。「福大爺剛七歲就受封為『乾清宮五品挎刀侍衛』。他連殺雞都不敢看，怎敢挎刀？」(《那五》) 事情就有這麼可笑，可笑得一本正經。北京人以其智慧領略了歷史生活的諷刺性，又以其幽默才能與語言才能（幽默才能常常正是一種語言才能）解脫歷史、生活的沉重感，自娛娛人。幽默也是專制政治下小民惟一可以放心大膽地擁有的財產。老舍不無幸運地承受了這份財產。他的幽默，他的文字間的機趣，的確大半是源自民間的，其表現形態不同於開圓桌會議的大英國民的那一種。

一旦以幽默進入創作，幽默即統一於總體的美學追求；到當代京味小說，更出於自覺的風格設計。在京味小說作者，幽默中包含有他們與生活特有的審美關係。他們敏感於極瑣細的生活矛盾、人性矛盾，由其中領略生活與人性現象中的喜劇意味，以這種發現豐富著關於人生、人性的理解，和因深切理解而來的寬容體諒，並造成文字間的暖意，柔和、溫煦的人間氣息。這裏有智者心態。由於所見極平凡細微，他們寫的自然不會是令人轟然大笑的喜劇（《欽差大臣》或《慳吝人》之類)。這只是一些人生極瑣屑處的通常為人忽略的喜劇性。作為創作心態，幽默節制了對生活的理性評價與情感判斷的極端性，其中包含著有利於審美創造的距離感，卻又不是淡漠，不是世故老人或哲人的不勝遼遠的目光，而是浸潤在親切體貼中的心理距離，以對象為審美對象同時意識到自己的鑒賞態度的距離感。在一批極其熟於世情、深味人生的作者，這兒自有世事洞明後的人生智慧。

幽默不只是非激情狀態，它還包含有輕鬆閒暇。人生中沒有餘裕是不會有幽默的。如汪曾祺寫《安樂居》，那種閒閒的筆調或許是最合於京味小說的幽默旨趣的了。「閒閒的」慷慨激昂、憤世嫉俗，都於這心態有礙。幽默中含有嘲諷（當然它溫和化了），也含有調侃，在不同的運用中顯示為不同的功能。京味小說作者在選擇中自有傾側。他們更用幽默於調侃，追求諧趣。這種運用的背後不消說有濃重的中國傳統的喜劇意識。對於京味小說作者，幽默發自人性中的均衡與和諧，其美學功能也在造成均衡與和諧。這優異稟賦同樣會阻礙「巨大的激情」。向老舍、汪曾祺這樣賦性溫厚的作者要求謝德林式的大笑是不明智的，卻也不妨承認，老舍的幽默有時溫和化了道德感情，模糊了文化判斷；而文化批判本是他為自己選定的任務。在調侃中，有時罪惡像是僅僅緣於無聊，醜行則只令人感到滑稽。這裏又牽涉到距離問題。人們一再談論距離感，而在實際創作中找到理想的距離又談何容易！

以「文化」分割的人的世界

30 年代一時並出的小說大家中，茅盾是最能代表主流文學的認識特點和藝術思維方式的一家。他對中國社會的全景觀照，對中國社會結構、階級關係的全面呈現，都體現了一時的文學興趣。縱然在較短的篇製中，那時的作家也力爭較為準確地再現已經認識的社會階級關係及其動態發展。巴金的創作是主情的，他以自己的方式呼應著革命文學中的社會批判傾向。較之巴金，由表面看來，老舍在藝術方法上更接近主流文學，差異也正在這看似相近中顯現出來。

最觸目的差異是，老舍並不注重階級特徵與階級關係。較之主流文學以現實社會的階級結構作為作品藝術結構的直接參照，老舍作品或以人物命運為線索，做縱向的時間性鋪敘（如《駱駝祥子》、《我這一輩子》、《月牙兒》），或依呈現世相、人生相的要求而進行空間鋪排，在與主流文學相近的結構形態中，透露的是對於生活材料的不同選擇，以及藝術結構與生活結構不同的對應關係。如上文所說，他的作品是講求行當齊全的，但著眼常在出場人物的個性分佈，文化風貌的差異，人物職業門類的「三教九流」、「五行八作」，倫理層次的老中幼（如《駱駝祥子》中老車夫老馬，中年車夫二強子，順次而下的祥子、小馬等；再如《四世同堂》中的四代，其它作品裏的父與子）是這樣的生旦淨末丑。其中《駱駝祥子》的創作最能見出普遍文學風氣的影響。即使在《駱駝祥子》裏，也並非偶然地，老舍並不著力於車廠老闆劉四對車夫祥子的直接經濟剝削，將祥子的悲劇僅僅歸結為階級矛盾的結果。用了《我這一輩子》中主人公的說法，他強調的是「個人獨有的事」對造成一個人命運的作用，如與虎妞的關係之於祥子，也如《我這一輩子》中「我」家的婚變之於「我」。這使得小說世界內在構成與構成原則，與一時的流行模式區分開來。[43]

老舍非但不強調較為分明的階級，甚至也不隨時強調較為朦朧的上流、下層。小羊圈祁家無疑是中產市民（《四世同堂》），牛天賜家（《牛天賜傳》）、張大哥家（《離婚》）也是的。在小羊圈胡同中，處於胡同居民對面的，是漢奸冠曉荷、藍東陽，洋奴祁瑞豐，以至於在「英國府」當差而沾染了西崽氣的丁約翰。至於其它胡同居民，倒是因同仇敵愾而見出平等的。不惟一條小羊圈，在老舍的整個小說世界中，作為正派市民的對立物、市民社會中的異類的，主要是洋奴、漢奸、西崽式的文人或非文人：仍然主要是文化上的劃分。上述特徵在

43 在《駱駝祥子》中，祥子感受最強烈的，是精神踐踏，對於他的作為人，作為一個體面的自食其力的車夫的自尊感的踐踏。踐踏他的是整個社會。在這普遍的不公正中，原有可能分明的階級關係多少變得模糊起來。老舍也寫貧窮，如小福子的一貧如洗。但原因的歸結也不是具體的，比如具體的具名姓的剝削者「冤有頭、債有主」之類。

當代京味小說中也存在著。即使現實感較強的劉心武，對於他筆下人物眾多的那條胡同（《鐘鼓樓》），也更樂於表現作為胡同文化特點的和諧，平等感包括局長及其鄰居之間。

老舍長於寫商人，那種舊北京「老字型大小」的商人，所強調的也非階級（商業資本家），而是職業（所營者「商」）。他甚至不大關心人物具體的商業活動。吸引他的興趣的是人物的文化風貌、德行，是經由商人體現的「老字型大小」特有的傳統商業文化。在這種時候他對人物的區分，也同樣由文化上著眼：以傳統方式經營的，如祁天祐（《四世同堂》）、王利發（《茶館》），以及《老字型大小》、《新韓穆烈德》諸作中的老闆、掌櫃；站在這一組人物對面的，則是以兇猛的商業競爭置「老字型大小」於絕境的洋派商人。他並非無意地忽略了上述商人共同的商人本性（階級屬性），而逕自專一地呈現其不同的文化面貌、商業文化淵源與背景。

上述總體構思下的人物關係，自然不會是如左翼文學中通常可以分明看到的階級關係。這裏構成人物生活世界的，是街坊、鄰里，以及同業關係，也即胡同居民最基本的生活關係。其中尤其街坊、鄰里關係，往往是京味小說中描寫最為生動有味的人物關係。老北京的胡同社會，主要由小生產者、中小商業者、城市個體勞動者構成。生產活動、商業活動的狹小規模，經濟層級的相對靠近，都不足以造成充分發展的階級結構與階級對立關係；東方城市中素來發達的行會組織，也強調著人的職業身份，人與人之間的行業、職業聯繫。當代北京胡同情況雖有變動，仍在較為低下的生活水準上保留著居民經濟地位的相對均衡（這種情況近年來才有變化）。這正是構成胡同人情、人際關係的生活依據。京味小說作者的選擇在這一點上，又出於對北京生活的諳悉，而不全由形式的制約。採自生活世界的與來自藝術形式、藝術傳統、藝術慣例的多方面制約或許要這樣說才近於完全？

倫理思考及其敏感方面：兩性關係

京味小說作者長於表現人倫關係，在呈現家庭關係上最擅勝場。京味小說作者尤其長於描寫父子關係鑄入倫理結構中的世俗歷史，凝結在人倫鏈條上的文化傳遞與歷史銜接。「父與子」之間，所長又更在寫「父親」，無論老舍還是當代京味小說作者。新文學所提供的「父與子」，大多合於「青年勝於老年」的社會進化論思維模式；老舍以自己的文化經驗、審美選擇，複雜化了新文學的家庭圖景。當代京味小說作者在呈現代際關係，取材於變革期中被忽略的北京胡同老人生活時，竟與老舍當年的情形有幾分相像，也與同一時期京味外寫北京的作品形成對比（或者說「互補」）。[44]

強項往往同時又是弱項，一種藝術的明顯優勢中包含著其最脆弱之處。京味小說長於展示倫理現實、家庭倫理關係，與此互為表裏、也許更具有特徵性的另一方面，即，正是在倫理發掘中，集中了某些京味小說作者與傳統文化的精神聯繫，表現出倫理發掘者本身倫理意識的「傳統」性質。你在這裏發現的城與人之間的文化契合，或許比之我們已經談到的那些，都更深刻，更值得討論。

一個引人注意的事實是，我們已經提到過的那些京味小說作品，幾乎沒有成功的值得談論的性愛描寫。老舍曾坦率地說到因為自己「差不多老是把戀愛作為副筆」，「老不敢放膽寫這個人生最大的問題

---

44 更值得玩味的是，即使關注並力圖理解青年的劉心武，用以評價胡同青年的尺度，有時也是胡同中舊有的。《鐘鼓樓》裏的正派市民後代，無不「沉著」、「敦實」、「實在」，沉靜樸實得如同那胡同本身，並且一致地表現出道德上的義務感，對傳統的倫理秩序的尊重，無不是那些個家庭中本本分分的兒子、孫子、兄長、大伯子。小說實際描寫中也仍然在寫父親們時更無須用力也更見精彩。這一點也近於老舍。老舍寫得最好的兒子輩人物，比如大姐、韻梅，精神上是屬於上一代的。作者在父與子的和諧中發現了兒子的美。

兩性間的問題」，「在題材上不敢摸這個禁果」，以致使得作品難臻「偉大」。[45]這是老老實實的話，並非謙詞。對於性愛，對於兩性關係觀察的膚淺，的確極大地限制了他的創作切入人性、切入生命的深度。

與此不無關係的是，老舍小說除《微神》、《月牙兒》等少數幾篇外，幾乎再無以女性為主人公的作品。他的小說所呈現的最為重要的倫理關係，是「父子」而非「夫婦」，是代際關係而非兩性間的關係。當代京味小說在這一點上似更有發展，所寫多半是「爺們兒」的世界。豌豆街辦事處文化站、小酒館，或大酒缸周遭，不消說是清一色的爺們兒，在文物行、德外鬼市等處折騰的，也只能是爺們兒無疑。京味小說長於寫老人世界。你在這裏可以想起一長串篇名來：《紅點頦兒》、《話說陶然亭》、《找樂》、《安樂居》、《畫框》等等。這老人世界容或有老嫗們加入。東方式的老人世界是被認為已排除了「性愛」這一種關係的。那裏只是些「老人」而已，並不同時被作為男人與女人看待。

上述文學選擇也對應於傳統社會的倫理現實。在中國家庭，五倫中的「父子」一倫，其位置在「夫婦」倫之上。這是家族生命鏈。據費孝通《鄉土中國》的分析，鄉土中國的家庭，夫婦關係的冷漠是常態。作為補償的，是同性間關係的親密化：娘們兒的世界，與爺們兒的世界。李昂小說《殺夫》中臺灣的鄉鎮水井邊，與陸文夫小說《井》中蘇州小巷水井邊，同屬於娘們兒的世界。而如《找樂》中的文化站，《北京人・二進宮》（張辛欣、桑曄）中票友聚會的小公園，則基本上是爺們兒的世界。

這又並不意味著老舍不長於寫女性。老舍以其作品提供了一些極鮮活生動的女性形象，從初作《老張的哲學》中的趙姑母，到《牛天

45 老舍：《我怎樣寫〈二馬〉》，《老舍生活與創作自述》第16頁。

賜傳》中的牛太太，以至《正紅旗下》中的大姐婆婆。極其惹人愛憐的，還有大姐（《正紅旗下》）與韻梅（《四世同堂》）。更不必說著名的虎妞與小福子。這些女性形象在他的作品世界中一如女性在傳統社會的實際生活中那樣處於配角地位，卻是一些極有神采的配角。老舍長於描寫的，是家庭關係中處於太太、妻子地位的女性，舊式婦女或「半新不舊的婦道們」，「夫婦」這一倫中的「婦」。寫上述女性中的年輕女性，他對代際（比如婆媳）而非夫婦關係表現尤能成功韻梅的作為祁家兒媳婦、孫媳婦、「小順兒的媽」；大姐的作為大姐婆婆的兒媳婦。這也是傳統社會中女性主要的角色。劉西渭說過沈從文善寫「少女懷春」，老舍則始終不長於寫少女。《微神》太抽象、朦朧，《月牙兒》也過於詩化。他自己對此很自知且善能藏拙。情況似乎是，他不熟悉那些未經傳統家庭關係充分界定、被傳統社會認為尚未完成的女性。老舍用以觀察女性的眼光，顯然是男性社會通用的、爺們兒的，他所寫的婚姻痛苦也多半是男性一方所承受的。他很少由女性方面思考婚姻倫理問題，即有也難以入深。因而對於「家」的批判性追究竟無妨於對傳統女性美德（如溫柔賢淑）的備極欣賞，[46]這倒使得有關人物益加惹人愛憐。他寫出了極富於「東方美」的女性，對這種女性美的欣賞、玩味，也表現著對人生的審美態度。人物形象體現著審美判斷與道德判斷的合致；或者說注入其中的，是統一了道德感情的審美感情。他貢獻於現代文學的女性形象，其審美價值未必低於丁玲、茅盾所寫新女性、都市女性，儘管這兩組形象在文化座標上處在兩極。還應當公正地說，投入創作中的京味小說作者「爺們兒」的自我

46 《四世同堂》裏，有關婚姻的思考終于歸結為即使不幸的婚姻也有它重要的補償，韻梅以其女性美德，完成著艱難時世的家庭義務。這種女性評價中，有對家庭倫理秩序的尊重。這尊重與對秩序合理性的懷疑，是同屬於老舍的，從一個方面呈現出他的文化意識的自身矛盾。

意識，也有助於其風格的大氣、沉雄與厚重，戒卻了纖弱柔靡。

倫理思考中的薄弱處也就同時呈現了。上文已經說到，對性愛觀察的浮泛膚淺已經大大限制了作品達到人性、生命的深處；上述男性趣味（而且是保守的男性趣味，如女性評價囿於傳統的「太太規範」）更阻礙了對鄉土中國對家庭倫理的現代認識。不錯，老舍描寫了女性在家庭中地位的可悲（比如大姐），但這種認識並不就必能通向「五四」時期有關思考的邏輯結論。「五四」新文化運動後的文壇上，老舍在某些方面確能不苟同時尚，如對激進青年、對女性的觀察。老舍曾半莊半諧地說過，他不喜歡剪髮女子。沒有這種不苟，就沒有老舍寫得那般成功的老人形象與舊派女子形象，這又正是新文學界同行們所疏於或拙於表現的。作為成功的條件的就有作者自己的傳統心態。這使得以文化批判為自覺意向進行倫理發掘的老舍，恰在當時最為重大的倫理課題「父子問題」和「婦女問題」上，證明自己缺少現代意識，缺少為文化批判所必要的現代人的文化眼光。個人條件就這樣限制著意圖的實現，複雜化了他的作品的文化內容。

當代京味小說作者在某些認識課題上顯然超過了文學前輩，如對體現於父子關係中的文化變動的估價。同時卻又在某些方面承襲了老舍作品的弱點，甚至把老舍那裏的強項也變成了弱項。當代京味小說中幾無值得一提的女性形象，無論「新」、「舊」。女性人物不但在作品中充當配角，而且往往只粗具輪廓。至於兩性關係問題上的思考，有時也像文學前輩那樣落後於一時期文學的一般水準。如《鐘鼓樓》借諸人物的婚姻倫理問題的討論。老舍出於文化批判、文化改造的時代熱情，強調傳統家族制的崩壞（無論他面對這種景象時心理何等矛盾），以對人性的思考為線索，表達了對舊有倫理秩序「四世同堂」的家庭結構及舊式婚姻關係的懷疑和對合理人生的追尋。這種激情，已不再見於當代京味小說。某些當代作品使人感到的，更是對胡同中固有秩序的小心翼翼的尊重，對「和合」的人際關係的過分陶醉。較之前代作者，對傳統生活方式所造成的倫理痛苦，像是更能寬容，更樂於「理解」。兩代作家間的上述差異又不是個別現象，這裏有兩個時期文學間參差的對比文學史並非總適於用「進步」或「倒退」這樣的概念做籠統描述的。

你在這裏可以清楚地看到，一種風格的優長，是在付出了怎樣的代價之後獲得的，從而使「長」與「短」糾纏在了一處。再回到前文中關於美感純潔性的話題上來，你又會進而想到，造成京味小說的美感統一的，或許正有上述對「和合」境界、秩序的陶醉，為此犧牲了倫理思考的現代性與理性深度。造成京味小說的美感純潔性的，還有有意規避兩性關係方面的描寫。[47]「純潔性」的代價在這裏是人性發掘上的自設限閾。這後一種代價更其沉重。作為心理背景的，或許也有北京有教養的正派市民的潔癖？追求人間味的，又終難更深地進入人間人間本是蕪雜、美醜並陳的。

我又想到了市民通俗文學。市民文學有「言情」的傳統（往往言情而「濫情」），現代如張恨水寫北京生活的《啼笑因緣》、《夜深沉》之屬，都寫男女間情事而得市民讀者青睞。在較為嚴肅如張恨水這樣的作者，描寫中也力避狹邪趣味而「有所不寫」。與京味小說同趨的，是不及於性心理、性意識等，專以過程的曲折（「悲歡離合」）取勝，因而「言情」卻在描寫兩性關係方面同樣乏善可陳。

談到京味小說作者的倫理關切，還有必要說明，這種關切固然是發掘中國文化所必要的，過分的倫理關切卻有可能導致以「道德化」

47 市民文化也有層級。舊時代相聲、曲藝有所謂「葷口」，傳統京劇中也有有關「性」的暗示、挑逗性內容。京味小說也不能一概而論。《駱駝祥子》、《月牙兒》等作即有關於性心理的有力描寫。其中有關妓院、暗娼的描寫，不無民間性文化的趣味。

削弱了作品的現代意識。既有對於倫理現實的切入底裏的觀察，又不囿於倫理眼光，避免生活、人性評價的道德主義，才更出於「世事洞明人情練達」那一種智慧。京味小說作者並不乏這種智慧。老舍的寫虎妞，鄧友梅的寫那五，汪曾祺的寫雲致秋（《雲致秋行狀》），都表現出超越狹小倫理眼界的對於人生、人性的更為開闊、通脫的見識。寫倫理現實而又超越倫理眼界，這兒有京味小說與市民通俗文學的幾乎是最重要的分界。然而又應指出，擺脫通俗文學的影響，也證明著影響的存在。「擺脫」作為過程確實從一個方面描繪著京味小說的發展輪廓。京味小說的上乘之作，成功在其不「道德化」，某些作品的淺薄處即在道德化：創作不免在其間擺動。這也令人想到北京人，北京人對於人事的通達、灑脫，和市民社會中素有的道德傳統。最突出的，是具體人性理解的通脫和歷史文化評估時的褊狹。在那種認識框架中，衝突著的歷史力量被用單純的道德眼光區分為善或惡、義與不義，歷史哲學被世俗化了。[48]

結構——傳統淵源

既然「漫論」的是京味小說，除已經談到的作者心態、創作選擇，以及尚未談到的作品中人物面貌外，自然還有必要談及京味小說作為「小說」的某些形式特徵。本書是將京味小說作為一種風格現象討論的。藝術風格包含形式因素。「風格」較之「形式」畢竟更為籠統，更易於訴諸概括性的描述，在較為寬鬆的標準下，也易於引出「共同性」；一旦進入更為具體的形式研究，情況就不同了。京味小說究竟不是一種小說樣式。但既然風格中包含有形式因素，就有可能

48 對於人物行為的倫理意義的明確判斷，也造成著京味小說的單純與清晰；習於評價和評價的明確性也約略近於市民通俗文藝。這種文藝及其接受者都不能忍受善惡評價的非明確性、人物行為意義的不確定性。這種認識特點也有效地「結構化」了。

進行形式上的探討，即使由這一角度所能發現的更多的是差異性。

粗略地清理一下文學史你就能發現，無論在「五四」至 30 年代新小說初創—成熟期活躍的形式探索中，還是在新時期以來令人眼花繚亂的形式試驗中，京味小說都沒有引人注目的表現。老舍在他的時代不是如魯迅那樣的藝術革新家，甚至也不是如沈從文、張天翼那樣的文體家。30 年代張天翼沈從文在小說（主要是短篇小說）形式技巧方面的嘗試，是有功於中國現代小說的藝術發展的。老捨卻屬於那種在較為通用的形式之中創造了自己的作者。這在某種程度上也許更為困難。樣式的新變易於令人興奮，他卻寧以那些更為基本的小說手段、文學手段叫人驚異。這在平庸的作者，幾乎等於無所憑藉。也許用得上他關於康拉得說過的話：「康拉得的偉大不寄在他那點方法上。」[49]因不注重形式的探索與試驗，他的小說結構較早地定型化了，此後是運用中的益加圓熟。他的形式興趣似乎只集中在短篇寫作中，短篇畢竟不是他選擇的主要小說樣式。他的長篇的結構佈局尚可談論；當代京味小說諸家，甚至在結構方面，較之文學前輩也沒有提供新的東西。

老舍的長篇小說，結構形式的形成也像是在不經意間。因「不經意」，難免常有紕漏弊病；也因「不經意」，結構上的重大變動（如《駱駝祥子》的成「斷尾巴蜻蜓」，再如《四世同堂》的一度尾巴失蹤，另如《茶館》在演出中捨棄尾巴），竟能無妨於作品大體上的完整。他長於敘說，但對於現代敘事學的諸種要求，也表現得同樣粗疏。他的《月牙兒》、《我這一輩子》的敘事角度，與敘事內容、敘事所用時態之間存在著明顯的牴牾。[50]你會想到，同一題材倘若經了更

49 老舍：《一個近代最偉大的境界與人格的創造者》。

50 即如《月牙兒》的敘述，出諸第一人稱的當事者之口，卻把敘述內容客觀化了。老舍的敘述本質上是現時態的，他追求表現的直接性，那種「歷歷如在目前」的現場

為現代的敘事技巧處理，必定會呈現出另一種面貌，以至改變了整部作品的調子的吧。在寫作中，他的熱情彷彿只在那些具體場景而不同時關心「架構」。他在文學語言方面的強大自信，也使他不屑於「弄巧」。而他那些明顯的優勢（細節的感性生動性，尤其文字功力），竟也使得讀書界長期以來容忍、有意忽略了他的作品結構上的明顯瑕疵。這無論如何是一種有趣的現象。這裏很可能有著中國讀者的審美心理，由話本、古典白話小說培養的閱讀習慣與閱讀要求。我由此想到，中國小說發展歷史的悠久與某些形式環節的不發達適成對比，是否多少也由於上述穩定的審美心理與閱讀要求？

在同時大作家中，茅盾是注重小說的總體構架的。《子夜》擬定提綱的巴爾扎克式的寫作方式，也與老舍的連載小說式的寫作習慣不同。在茅盾，對小說整體佈局的注重，與注重社會全景展現、追求社會經濟關係、階級關係的「藝術結構化」等特點是一致的；老舍的趣味則在平凡人生，人生中最為平凡俗常的生活場景。茅盾往往將歷史事件置於正面，做大全景式的、鳥瞰式的藝術概括，力求廣闊、宏偉；老舍則通常以一胡同、一院落、一家庭為舞臺，由一孔而窺視時代、歷史，著力於細節的結實具體，作品中文化內容的飽滿性。茅盾常以歷史事件聚焦，有清晰可見的結構中心；老舍則近於散點透視，隨處生發，以便於展列「眾生相」。作為那一代作者，他們都追求作品境界的開闊性。茅盾追求開闊，讓開闊直接呈現於藝術結構之中；老舍同樣企求開闊，卻習於讓他所理解的開闊實現在具體有限的場

性，情境的逼真性。因而在倒敘中，往往不顧及這一敘事方法的藝術要求，在敘述的時態上表現出隨意性，不嚴守作品的形式假定，以至破壞了本可造成的幻覺。這也許可以歸因於大作家通常會有的粗心。他們往往只注意那些對於他們的意圖而言最關緊要的東西。倒是一些較小的作家，更有耐心在細節處琢磨。「五四」新文學作者在技巧運用中有較為普遍的粗率。當代文學的技巧發展，使得人們可以用更挑剔的眼光看待前代作家的創作，重新審視被研究界忽略的那些環節。

景、畫面上。你已經可以看出，較之茅盾，老舍的美學趣味是更有中國藝術的傳統淵源的。

據說《茶館》的初稿中場景不限於茶館；最終把劇情限制在茶館這一特定空間，才是更合於老舍的藝術思維特點的。「茶館」在這裏也是那「一孔」。空間限制中的「眾生相」鋪展是老舍的長技，他必要在這種為自己特設的限制中才便於施展：據有「一孔」，然後以人物為觸角，層層疊疊地推展開去。那往往是一個自身完整且不失開闊的小世界。在對結構形式的「不經意」間，老舍因其特殊經驗，因其與傳統美學間的上述聯繫，提供了適宜於他的才能的結構樣式。

當代作家，劉心武在《鐘鼓樓》、陳建功在《轆轤把胡同 9 號》中所寫，也是那種百寶箱式的胡同或雜院，體現著與老舍作品相似的結構意圖。《安樂居》（汪曾祺）寫的也是《茶館》式的場景，規模雖小，結構意圖亦近之。劉心武在《鐘鼓樓》裏，談到他意在進行「社會生態群落」的考察。那種結構上的横向鋪陳顯然是合目的性的，老舍借類似結構所展現的，何嘗不是「社會生態群落」，只是當時還沒有流行類似的概念罷了。京味小說作者以外，陸文夫也長於以這種方式結構小說，寫那種把一城一地的世相、眾生相搜集起來一併展出的小巷，以此尋求城市文化形態的完整性、城市文化的縮微形式，以至城市文化模型。這兒含有中國傳統藝術關於片段與整體、部分與全體間關係的理解。你大約還會進而想到，惟蘇州、北京這種古舊城市才能有文化在分化中的同一，多元中的協調，無形而無所不在的「內聚力」；因而那一胡同一院落，才可能寓有古城的魂兒。

這種結構固然難稱新奇，卻也並不就較之別種結構易於把握。我已經說到，老舍也有運用中失去控制的時候。當代有些京味小說更因過於追求信息量，以至作品中事件叢集，「生活」膨脹，使本可助成「從容」的結構形態顯出逼仄局促。欲把生活矛盾借一種結構如數收集起來，難免損害了這結構本身。藝術意義上的飽滿不就是內容的滿；新聞記事式的滿，適足以擠掉美感所需要的餘裕，弄狹了作品的美學空間。

老舍既選擇了上述結構，也就選擇了與此有關的一系列藝術矛盾，比如非戲劇化與戲劇化。鋪展小民生活的日常情景的，本應達到非戲劇化；然而作品世界的過於嚴整、完備，近於舞臺藝術的人物設置和場面安排調度，又適足以造成戲劇性。京味小說常在這兩者之間。如情節總體設計的非戲劇性和具體情景的戲劇化。這也使京味小說在藝術方法上，與市民通俗文藝既區別又聯繫。這兒或者有俗文化趣味的滲透？

前面談到過老舍創作中的抽象與具體。老舍創造的世界極其具體，具體到可觸摸，他由以出發創造這具體可感的世界的圖式，又不免是較為抽象的。抽象性潛隱在具體性中。不是如現代派藝術的哲學抽象性，而是社會概括的抽象性。這抽象性與中國傳統藝術如戲曲的寫意性也不無相通。

老舍說過自己「是個善於說故事的，而不是個第一流的小說家」。[51]他的情節意識卻顯然不同於說書藝人。他的作品常有清晰且較為單純的情節線。不必說《駱駝祥子》、《我這一輩子》、《月牙兒》這樣縱向展示一個完整過程的小說，即使枝節橫生如《四世同堂》，也有易於把捉的情節線索。但情節在老舍的構思—結構中，又不像是最關緊要的。你的閱讀經驗會告訴你，正是「故事」，對你不構成太大的吸引力。[52]「過程」並不難把握，「過程」中還往往摻雜有因過於隨

51 《〈老舍選集〉自序》，開明書店1951年8月初版。

52 本書前面也已寫到，老舍結構小說較之時間更注重空間。《四世同堂》鬆散之至，在共時空間中鋪排世相，強調的不是時間因素；《駱駝祥子》的情節也不過是簡單的時空連續體。

機而導致的不合理性。人物走向命定的結局，在悲劇故事中則經由一連串偶然或非偶然的厄難通往宿命的預先設置好的道路；結局也往往是匆促地安排就的，顯出粗陋（如在他最著名的《駱駝祥子》與《月牙兒》裏）。這個造物主顯然過分意識到自己的權力，而又不大肯為他的創造物的結局操心。他甚至不屑於使用傳統小說、評書藝人用之有效的結構手法，如設置懸念等。他寧「平鋪直敘」。然而即使如此，你仍然被吸引著。吸引了你的並非情節、故事，而是過程中、情節線上每一個細節、情景。你會忘掉人物的宿命；因為小說在人物走向宿命的途中精彩紛呈，以至於「結局」顯得並不重要了。[53]這種藝術方法又使「命運」淡化，「生活」獲得了它應有的位置。老舍藝術的魅力即在這粗糙的情節結構中隨處展現的人生形態，處處飽滿結實的「生活」，雖「橫生」卻如此茁壯的枝節，更不必說足以引起審美愉悅的文字。倘若你是有著某種現代趣味的讀者，這血肉豐盈的情節、鮮活生動的人間情景，以及富於美感的語言，就足以使你獲得快感，因為有生命在作品的每一處流佈。如果你不但有現代趣味，而且在嚴肅地思考著人生、社會，那麼作品也能以其嚴肅的思考令你滿足。在隨處可得的具體滿足中，你不再計及全體的工拙。你承認，作者藝術思維中的惰性、保守性，被那種生機勃勃的創造力量蓋過了。

也如其它作家，老舍有他的情節模式，而且是那種較為老舊的模式。但他更有模式運用中的新鮮創造。他以強大的優勢使得「弱項」成為非決定意義的，以此補了自己主觀條件的不足。弱化情節，也屬

---

53 他的工作方式也使他集注力量於過程中的「點」、每個具體環節，在一個個局部中使其藝術發揮到極致，以至那些個「點」、細節、情景獨立自足，被賦予了它們自己的意義。情節的重要性，就這樣被各個環節的重要性分割了去。具體場面、情景、細節構成作者的基本興趣單元。到寫《正紅旗下》，上述傾向更變本加厲，對細節的興趣成為創作的主要動力。

於為當時所理解的新小說的特徵。他的才能不利於構造情節，而利於創作進程中的即興發揮，利於細節血肉的豐潤圓活，這一點偏又讓人想到俗文學作者。除一套屢用不厭的情節技巧，說書藝人通常也不能如文人創作那樣潛心於經營位置、謀篇佈局，而更擅長於具體情景、細節處的發揮。[54]

追求情節的完整性，不止一次使老舍暴露出技巧上的缺陷和思想力的薄弱。上文談到的《駱駝祥子》等作，似乎還是沒有尾巴的好。「復原」多半是欲巧反拙。當他棄長用短，著意於追求情節效果時比如早期作品《老張的哲學》，以及《四世同堂》第三部、《正紅旗下》未完成稿的後半，他犧牲的不只是藝術，而且是對生活的理解。老舍因自身長短互補用來得心應手的結構形式，在缺乏相應優勢的作家手裏，更會使弱點畢現。有些當代京味小說就使人感到結構手法的陳舊，以致不能在美學境界上區別於通俗小說。這裏也不是單純的形式問題，而是生活理解、文學觀念問題。尤其在與同時其它小說作品的比較中，使人感到的，更是由形式方面透露出的作者現代意識的缺乏。

老舍作品的結構形態也有其形成過程。《離婚》、《駱駝祥子》，是較為徹底地擺脫了市民式想像的產物。由《老張的哲學》那種閉合式情節框架到《駱駝祥子》，其中有日益加深的對市民生活中悲劇性的理解。簡單的善惡觀、正義觀在這種理解中被深刻化了的生活認識所取代。這裏，審美選擇中包含了在當時而言更為重大的選擇選擇現代作家文化批判、社會批判的使命。

---

54 老舍談到評書藝人，說他所見過的「第一流名手」，無不「把書中每一細節都描繪得極其細膩生動，而且喜歡旁徵博引，離開正題，說些閒文」。而這是因為「人民熱愛生活」。「因此，評書演員的生活知識必須極為豐富，上自網緞，下至蔥蒜，無所不知，說得頭頭是道。據說：前些年去世的北京評書名家雙厚坪說《挑簾殺嫂》這一段，就能說半月之久！通俗史詩的另一特點：從四面八方描寫生活，一毫不苟，絲絲入扣。」（《談〈武松〉》，收入《小花朵集》，百花文藝出版社，1963年初版）

三　當代數家

我們已用了足夠的筆墨談論「共同性」。如果全部情況盡如上文所述，那幾乎不能構成一種真實地存在著的文學現象。一方面我們再三強調所談的是一種成熟的風格，同時卻把個性揉碎在了共性之中，這至少是論述上的自相矛盾。藝術成熟性的可靠標誌之一，即個體風格的不可重複性。任何一種有關兩個以上作者的風格描述，如果忽略了個體面貌、個性差異，將會弄得毫無意義。因而，作為題中應有之義，我已經並將繼續從兩個方面談差異性：老舍與當代京味小說作者，以及當代京味小說作者之間。或許經由這樣的描述，才有可能把握京味小說作為一種風格的活生生的存在。在諸多層次的同與異中，有風格作為一種「生命現象」的鮮活，瞬間變化，可把握與不可把握、可描述與不可描述性，其存在狀態的清晰性與模糊性，非此非彼的不確定性，以至於無窮的中介形態。「京味小說」也就在上述矛盾之中。

生長出京味小說的，是一片滋潤豐沃的土壤。地域文化無可比擬的蘊含量，範本所造成的較高境界，都有助於後來創作的生長髮榮。新時期一時並出的數家，雖各懷長技，創作成就互有高下，卻共同維持了作品品質的相對均衡。在水準起落不定的當今文壇上，能維持這均衡已屬不易，要不怎麼說是成熟的風格呢。構成這嚴整陣容的個體都值得評說。我們就由鄧友梅說起。

鄧友梅

由汪曾祺所談鄧友梅（見前注），你得知《那五》、《煙壺》的寫成非一日之功。即使如此，那口屬於他自己的百寶箱仍要到得機會熟透了才能開啟。

我發現不止一位「文革」前即已開筆寫作的中年作家，到新時期才以其風格而引人注目。這裏所依賴的，自然有新時期普遍的「文學的自覺」。我尤其注意到筆調。只消把某幾位作者的近作與早期作品並讀，你就會發現最突出的風格標記正在筆調。擺脫共用語言、脫出無個性無調性無風格可言的語言形式的過程，又是創作全面風格化的過程。尋找屬於自己的筆調，牽連到一系列的文學選擇：對象領域的，結構樣式的，敘事形態的，等等，更不必說筆調中包含的審美態度以至人生態度。

我沒有條件描述發生在鄧友梅那裏的「尋找」過程。他自己的話或許可以作為線索。

「……我打過一個比喻：劉紹棠是運河灘拉犁種地的馬，王蒙是天山戈壁日行千里的馬，我是馬戲團裏的馬，我的活動場地不過五米，既不能跑快也不能負重。我得想法在這五平方米的帳篷裏，跑出花樣來，比如拿大頂，鐙裏藏身……你得先想想自己的短處，然後想轍兒，想主意：我是不是也有行的地方？我比劉紹棠大幾歲，解放時我十八歲，他才十二歲，我對解放前的北京城比他熟悉些；王蒙知識比我豐富，才智過人，可是他在北京的知識區長大，不熟悉三教九流彙集的天橋，他沒見過的我見過，我拿這個跟他比。你寫清華園我寫天橋。只有這樣才能為讀者提供多種多樣的審美對象，在各個生活角落，發現美的因素。」「每個作家好比一塊地，他那塊是沙土地，種甜瓜最好；我這塊地本來就是鹽鹼地，只長杏不長瓜，我賣杏要跟人比甜，就賣不出去。他喊他的瓜甜，我叫我的杏酸，反倒自成一家，有存在的價值。」[55]

說得實在。並不自居為天才，而以終於能經營自家那塊地上的出

55 鄧友梅：《略談小說的功能與創新》。

產自樂。你比較一下林斤瀾的「矮凳橋系列」和前些年的《竹》，鄧友梅的《那五》與《在懸崖上》、《追趕隊伍的女兵們》，就會理解選擇尤其筆調的選擇對於作家的意義。在鄧友梅，這實在是重大的選擇，幾乎是「成敗在此一舉」。正因這番選擇，使積久的能量得以釋放，未被實現的價值終於實現。選擇風格在這裏即選擇優勢。也像本書涉及的其它作者，鄧友梅並不專寫京味小說。但他那自信「我的作品不會和任何人撞車」卻只有依據了《那五》之屬才不為誇張。

他明白自己的短處，自知，知止，於是就有了節制。寫京味小說，鄧友梅選材較嚴。他很清楚題材對於他的意義。他不追求「重大主題」（或許也因並無那種思想衝動？）。他稱自己所寫是「民俗小說」。[56]我們自然也可以挑剔他的寫人物不能入裏；但在他自己，這麼寫或許正所以「藏拙」。善能藏拙從來是一種聰明。

節制自然更在文字。鄧友梅有極好的藝術感覺、語言感覺，寫來不溫不火；即使並不怎麼樣的作品（如《「四海居」軼話》、《索七的後人》），筆下也透著乾淨清爽。他不是北京的土著。以外來人而不賣弄方言知識、不饒舌（「貧」），更得賴有自我控制。因材料充裕，細節飽滿，也因相應的文字能力，自可舉重若輕，遊刃有餘，而不必玩花活。節制中也就有穩健、自信。

前面已經說了，某些有關北京的知識掌故，是鄧友梅的獨家收藏，鋪排起這類知識自能如數家珍。雖不必像張辛欣講郵票、郵政郵務、集郵那樣汪洋恣肆，也有他自個兒的那種雍容的氣派。知識累積是要工夫的一味憑靈感、才氣的年輕人未必肯下的工夫。因而那份從容、雍容得來也不易，並不全在氣質。

---

56 鄧友梅在《煙壺·後記》中說：「《煙壺》、《四海居軼話》、《索七的後人》三篇，是《那五》之後我一口氣寫的三篇所謂『京味小說』，是我表現北京市民生活系列小說的組成部分。」又說這些是「民俗小說」。

我有時不禁會想，倘若沒有上述機緣，汪曾祺的、林斤瀾的、鄧友梅的語言才能豈非要永遠埋沒了？這自然是人類史上極尋常的「浪費」，在承擔者個人卻總是沉重的吧。看鄧友梅的小說，我是首先由他的文字能力認識他的小說才能的。前文已經說過，他的作品情節結構稍嫌舊式，人物（除那五外）刻繪也入之不深，但有那一手漂亮的文字，有因筆調而見出一派生動的情節細節，就是對於缺憾的有力補償。也許出於偏嗜，我太看重語言這一種能力了。對於文學，尤其對於京味小說這種極其依賴語言魅力的文學，語言即便不是一切，也是作品的生命所繫，焉能不讓人看重！

鄧友梅也並不就缺乏寫人的能力，只是如何寫人，要由那題旨而定。在《煙壺》裏主人公有時不過一種「由頭」、「線索」，為的是把那關於鼻煙壺的、德外鬼市的，以至燒瓷工藝的知識給串起來。那五不是（至少不只是）「由頭」、「線索」。「那五性格」本身即一種文化。《那五》中也有「教訓」。但人物既有其自身生命，就不再等同於「教訓」。因了這些，這小說的文化趣味就非止於知識趣味、風俗趣味，那「文化」也更內在些。鄧友梅作品往往題旨顯豁。有了人物，就不再以顯豁為病。

說人物只說那五，對於鄧友梅未見得公正。他長於寫文物行中人，甘子千、金竹軒一流，有文化氣味，又非學士文人，介乎俗雅之間，正與他的小說同「調」。[57]其它人物，用筆不多的，往往活現紙上，如《那五》中的雲奶奶，《煙壺》中的九爺。別小看了那幾筆，

57 鄧友梅長於寫舊北京文物行中人。文物行本是文化城中的風雅生意，生意中即有文化。鄧由他選取的人物、角隅寫北京，即自然具有老舊古雅的文化氣息。人物介於「大市民」與底層人物之間，既識文墨，不乏風雅，出入的又是製作、買賣文玩的所在，影響到鄧作的風格，即多了一種內裏的書卷氣。因文物行中的諸多內情，也增強了作品的掌故、知識性。鄧的京味諸作略具系列性質，人物互見，又令人看到北京這一角的文化變遷。

那幾筆沒有相當的功夫是寫不出來的。這一點又讓人想到老舍。《四世同堂》中老舍反覆勾描的錢詩人，反叫人覺著彆扭，著墨不多的金三爺，偏能渾身是戲，處處生動。

藝術完整性即使在大家也不易得。對於證明一位作者的藝術功力，往往只消看上幾筆。鄧友梅作品中足以為證的又何止幾筆！在一位不自居為「大家」的作者，這難道不是足令其快意的？

劉心武

似乎是，到寫《鐘鼓樓》和《五一九長鏡頭》、《公共汽車詠歎調》，劉心武才把「京味」認真作為一種追求。他的《如意》、《立體交叉橋》寫北京人口語雖也有生動處，卻只能算是「寫北京」的小說。《鐘鼓樓》也非純粹的京味小說，那裏用了至少兩套以上的筆墨。這卻沒什麼可挑剔的，或許正是求仁得仁。

倘若硬要以劉心武與鄧友梅論高下，限於本書的題旨就顯著不公平。用了上文中的說法，寫京味小說在鄧友梅更本色應工，那劉心武的所長可能並不在這上頭。以京味小說的標準衡量，鄧友梅的強項也許恰是劉心武的弱項，我指的是語言。劉心武筆下的北京方言，令人疑心是拿著小本子打胡同裏抄了來的。他的以及陳建功寫得較早的幾篇（如《轆轤把胡同 9 號》），你都能覺出來作者努著勁兒在求「京味」。正是這「努勁」讓人不大舒服。老舍所說白話的「原味兒」，必不能只由摹仿中獲得。說得「像」還只是初步，或許竟是不大關緊要的一步。最糟的是公文式的、新聞記事式的刻板用語、套話的混入（除非作為人物語言或在「諷刺模仿」那種場合），因其足以使創作與閱讀脫出審美狀態，或割裂審美過程的連續性。在這一點上，「京味」是一種格外嬌弱、有極敏感的排異性的風格。我並不以為《鐘鼓樓》兼用北京方言口語與書面語本身即是弊病。這或許正反映了當代北京人的語言現實，以至包含在語言現實中的「北京生活」的合成狀態，北京文化在事實上的混雜、非同一性。因而大可破除北京老輩人對「字兒話」的成見：「字兒話」非即等於書面語，它們可能正是一部分北京人（如劉心武通常採用的知識分子敘事人）說的話，他們的口頭語言。但如「他親切而自然地同服務員搭話」這樣的敘述語言畢竟又太熟濫，你不能想像老舍會使用這種無調性的句式。

前面已經說過，劉心武並無意於追求純粹京味。他的興趣不大在形式、風格方面。由《班主任》到《立體交叉橋》、《鐘鼓樓》、《公共汽車詠歎調》，他始終思索著重大的，至少是尖銳的社會回題。他的作品中一再出現的知識分子敘事人，即使不便稱作思想者，也是思索者。考慮到作者的主觀條件，這敘事者及其分析、考察態度，誰又能說不也為了藏拙？在作者，或許正是一種意識到自身局限的聰明選擇。出於其文學觀念，劉心武不苟同於時下作為風尚的「淡化」、距離論，寧冒被譏為「陳舊」的風險，有意作近距離觀照，強調問題，強調極切近的現實性。他以其社會改造的熱情擁抱世界，即使那嫌惡、那譏誚中也滿是熱情。在這一點上，他的氣質略近於某些新文學作者：使命感，社會責任感，現實感，以文學「為人生」到為社會改革、社會革命的目的感；少有超然物外的靜穆悠遠，少從容裕如好整以暇的風致，少玄遠深奧的哲思，等等，等等。不只是為適應自己的才智而選擇對象，也是為取得最適宜的角度對社會發言。[58]《立體交叉橋》中的劇作家在體驗到現實的強大力量後，歎息著自己的劇本、名氣、靈感「真是一錢不值」：「我發覺我對實實在在的生活本身，還是那麼無知，那麼無力，那麼無能……」這渴欲直接作用於生活的，

58 在《如意》（北京出版社1982年版）的《後記》中，劉心武說：「我尊崇現實主義。現實主義的文學有巨大的認識作用和改造社會的功能。在現實主義的諸多功能之中，我對心靈建設這一條特別傾心。……」

誰說不也多少是劉心武本人的文學功能觀！

與此相關，他不追求對於生活的模糊表現。他需要清晰度，包括較為清晰明確的因果說明。於是「問題」在他那裏，開啟了人性探索的思路，同時也使探索簡化，淺化：簡單徑直的因果歸結阻塞了通往人性深處的道路。現實關切使他的作品充滿激情，求解與歸結因果，又使其情感終難構造出更闊大的境界。

普通胡同裏的北京，仍然是較為匱乏令人不能不剋制其欲求的北京。普通市民的北京之外，還有過晚清滿漢貴族的北京，民初闊人政客的北京，至今仍有著大學城、知識分子聚居的北京。上文也說過，京味小說作者所取，往往介在雅俗之間：胡同裏未必有學識卻未必沒有教養的市民。劉心武偏不避粗俗，把他的筆探向真正的底層，那些最不起眼的人物，那些因物質匱乏生存也相應渺小、常常被文學忽略的人們及其缺乏色彩的生活。他不避粗俗，尋找無色彩中的色彩，描寫中卻又不像張辛欣那樣「透底」，不留餘地，不屑於節制基於文化優越感的嘲諷意識。劉心武當這種時候，更有意與對象擺平。這讓人隱約想到 19 世紀歐洲文學中的「小人物主題」，及其人文主義思想特徵。同樣相似的是，極力去體貼、理解「小人物」們的，仍然是精神優越且自覺優越的知識分子：甚至不能如老舍的一切像是出諸天然。劉心武進入凡庸人生時，令人覺察到不無艱苦的努力，以知識者而親近瑣細生活卑瑣人物時的努力，一種要求付出點代價的努力。也許正因意識到這一點，他才那樣熱中於議論以至「呼籲」的吧。因而在老舍只消去感覺的地方，在劉心武才真正是一種「發現」，作為局外人才會有的發現。他的思想焦點的選擇和議論方式，所傳達的也正是局外人的關切和焦慮。

不以「純粹京味」為目標，和對於底層世界的注視，使他保持了對北京文化變動的敏感。「立體交叉橋」無論對於作者的社會生活認識還是作品中的生活世界都是象徵。他企圖以這意象，喻示「生活本身的複雜性和多樣性」，這生活的「立體推進、交叉互感」。他的創作中越來越自覺地貫穿著的上述追求，難免要以損失優雅情調、純淨美感為代價，因為它要求作者直面生活的粗糲以至原始狀態。劉心武的現實感、變革要求使他較之其它京味小說作者，更少對於古舊情調的迷戀，也就更有可能注意到那些於老式市民社會「異己」的東西，無論其何等粗鄙。然而即使這也不能使他的作品與青年作家的作品混同。他的久經訓練的理性總會在臨界狀態自行干預、調節，將嘲諷化解，顯現為寬容。劉心武也陶醉於對人性弱點、人類缺陷的寬容，雖然有時正是上述人道主義熱情淺化了他作品的意義世界。

當他直接以作品進行北京市民生態研究時，個案分析通常為了說明「類」。他使用單數想說明的或許是複數「他們」，比如「二壯這種青年」。因而他時常由「這個人」說開去，說到「北京的千百條古老的胡同」，「許許多多」如此這般的人物。他力圖作為對象的，是普遍意義的「北京胡同世界」，並將這意圖訴諸表達方式。類型研究、全景觀照的熱情，流貫了劉心武的近期小說創作，與其它京味小說作者關心對象、場景的限定，有意緊縮範圍，也大異其趣。

我是在對劉心武由非京味到準京味的風格試驗的觀察中，談論如《立體交叉橋》這樣的作品的。我不想誇張京味這種風格之於劉心武的意義，認定追求京味即追求藝術上的進境。我只想說，對於這位作者，上述試驗的意義除在豐富藝術個性外，更在語言訓練由過分規範的語言形式中脫將出來，憑藉胡同裏蘊藏的語言智慧，給文字注入點靈氣。如果撇開横向比較，即以他個人的創作進程看，《鐘鼓樓》的文學語言確實算得上一個標高，得之不易的標高。我以為在劉心武，即使僅僅為了取得這標高，這番努力也是值得的。

韓少華

當代京味小說的引人注目，是在 1982、1983 年間，當《那五》、《煙壺》、《紅點頦兒》等一批作品推出的時候。「風格現象」的形成從來是以佳作範本的出現為標誌的。佳作的意義，又在其所劃出的軌跡，對後來者文學選擇的導向作用，儘管這在作家本人「非所計也」。比如你所發覺的當代京味小說作者較之老舍更關心美感的純淨，因而在場景、人物的選擇上更嚴（自然也更狹更窄），就與新時期較早發表的京味小說不無干係。因而許多並不成文的限制，倒也未必是由老舍那裏，更可能是由當代範例中引出的。

較之老舍小說，如《紅點頦兒》、《煙壺》，更出自為傳達純正京味的精心選擇與設計。這「壇牆根兒」（《紅點頦兒》所寫地壇「牆根兒」）老人們的會鳥處，是最見北京風味、最見老北京人生活情趣的所在。養鳥兒、會鳥兒本即風雅，與「會」的自不是粗俗之輩，談吐不至夾帶市井間尚未加工過的俚語粗話。這兒選擇場合，即選擇人物，也即選擇全篇的格調。「壇牆根兒」這種清幽去處，老人，會鳥兒，即已夠作足「京味」的了；而以老人們的清談為結構線索，展示老北京人的方言文化，「說」的藝術，則是加倍的京味卻也會因此太過精緻，味兒也略顯著濃釅。這也不止《紅點頦兒》一篇為然。當代京味小說對於說明「京味」這種風格，比之老舍的作品往往更典範，更適於充當風格學的實物標本。

《紅點頦兒》不只結構、文字講究，立意亦高。寫養鳥兒、會鳥兒，令人不覺其賣弄有關知識，而全力以赴地寫養鳥者的風骨節操。借這北京最閒逸的場所反倒寫出了一派嚴肅。小說寫養鳥者的天真赤誠，以鳥會友的仗義。在主人公五哥，友情比家傳寶物貴重，人品比鳥貴重。老北京人有注重道德修養的傳統，下棋論棋品，唱戲講戲德，養鳥亦然。這人格尊嚴與鳥兒價值的輕重衡量中，見出了老北京人的恬淡風神。養鳥不過一種人生樂趣，既非收藏家的奇貨堪居，更不為在鳥市上獲利。因而五哥可為節操擲愛鳥，可為朋友賣鳥籠，可將鳥兒奉贈陌生僑胞。寫到這兒，也算寫到了極境，反而像了市井神話，有關品德操守的訓喻性寓言。人物則飄然出塵。於是這壇牆根兒小世界，更像城中之城，現代城市中的一方淨土。

當代京味小說較之老舍作品，更求助於情節性、戲劇性。這也不獨《紅點頦兒》為然。韓少華的此作，所寫無不是京味，卻又沒有京味小說通常的平易親切，寫市井中人，筆墨間偏又少了市井氣味。因而在京味諸作中可備一格，卻也難以衍生。韓少華本人對京味小說續有所作，也不成「系列」。以京味小說的發展論，《紅點頦兒》一類作品的精緻，在當代京味小說問世之際，是有十足魅力的，尤其文字魅力。卻也以其精緻，無意間限制了此後有關創作的選擇。

與《紅點頦兒》同年（1983）發表的《少管家前傳》亦屬力作，置陣佈勢到文字運用都極講究；起承轉合之際，則有有意的舊小說筆法。舊文學中的俗套濫調，到了此時也成異味別趣，反被用以求「雅」，又是文學史上照例可見的喜劇性迴圈。韓少華的京味小說顯然寫得並不輕鬆。《紅點頦兒》與《少管家前傳》更像是一種風格試驗，精工細作，處處用力。用力有妨於情態的悠然。這種風格給人的最佳印象或應如白雲出岫，呈現出的創作狀態在有心與無心、有意與無意之間。但並無功力支撐的「隨意」又會使任何一種風格因熟、滑而流於淺俗。藝術集成功於傑出作家的才華噴湧，更依賴大批作者的苦心經營。沒有一批人為了藝術的犧牲，沒有他們在形式各環節上的精心鍛造，即不會有「集大成者」出世。

據說清代北京東西兩城是八旗貴族達官顯宦的居住之地，旗人文化、宮廷文化對於造成北京的文化面貌為力甚巨，京味小說卻少有寫大宅門兒的作品，即有，如《正紅旗下》、《煙壺》的有關部分，也不免喜劇化、漫畫化。《少管家前傳》於是難得。這篇小說取材遠，固易於保留純粹京味；寫大宅門生活，也利於風格的優雅韓少華可謂善用所長。更別致的或許是，取材於清末民初歷史，又影影綽綽讓人看到大事件，卻並不專在「事件」與歷史上找戲、找意義，而把筆力注在看似無關宏旨的主人公的儀容行止上；大約也可以算作一種當代趣味，與追求意義、思想的老舍那一代人異趣。

如同其它當代京味小說作者，韓少華注重生活情趣的傳達。有意思的是，較之韓作，卻又是追求「意義」的老舍作品更饒情趣，亦所謂「無心插柳柳成蔭」。情趣最終繫於人生體驗，體驗得親切深切，所寫即無不有情趣。刻意追求，反倒會顯著「隔」。

主人公的形象極其光潤，行為舉止，中規中矩，直是那時代的美的型範。這種理想化的描繪中，含有對於人的讚美、欣賞。當代京味小說作者的這種情感態度是與老舍一致的。因時間距離與經驗限制，金玉字面不免多用了一點，對小細節小道具描寫的工細，隱隱看得出《紅樓夢》筆法的影響。京味小說的生機也係在小說藝術的進一步追求，風格的彼此立異上。我總覺得韓少華的寫京味小說不像是偶一為之，而《紅點頦兒》、《少管家前傳》不妨看做營造大建築的準備，語言以及知識的準備。這極鄭重的努力，也使人敢於指望大作品的推出。在這種追求中，已有的長處與短處，都會成為極好的滋養。

汪曾祺

汪曾祺的京味小說不多，也並非篇篇精彩，因而迄今未以「京味」引起普遍注意。人們更感興味的，是他寫高郵家鄉風物的《大淖記事》、《受戒》、《故里三陳》、《皮鳳三楦房子》之屬，卻不曾想到，汪曾祺以寫故里的同一隻筆寫北京，本是順理成章的。

汪曾祺的京味數篇中，我最喜愛的是《安樂居》，本書也多處提到這小說，因其由內容到形式處處的散淡閒逸，最得老北京人的精神。在汪曾祺，這也是極本色的文字。

此作所寫人物生活，瑣細平淡之至。這種題材設若由年輕作家如上海的陳村寫來，也許是作《一天》那類小說的材料。汪曾祺卻由這淡極了的淡中咂摸出淡的味，令人由字行間觸到一個極富情趣的心靈。也如寫家鄉，絕對不寓什麼教訓，因而清澈澄明而乏大氣魄。若是在十幾年前，會被視為小擺設而備受冷落的吧。即使真的文玩清供，當下人們也確實有了把玩的需求與心境。倒不是因了生活更閒逸，而是因文化心態更寬緩舒展。在現代社會，固然有人忙迫地生活，卷在時代大潮裏；也有人更有餘裕細細地悠然地品味生活，咂出從未被咂出過的那層味兒。在汪曾祺本人，決非為了消閒和供人消閒。一篇《雲致秋行狀》，於平淡幽默中，寓著怎樣的沉痛，和不露鋒芒的人生批評！《安樂居》提示一種易被忽略的生活形態及其美感，也同樣出於嚴肅的立意。那種世相，在悄然的流逝中，或許非賴有汪曾祺的筆，才能被攝取和存留其原味兒的吧。

較之比他年輕的作者，汪曾祺無論材料的運用、文字的調動，都更有節制。他也將有關北京人的生活知識隨處點染，如《晚飯後的故事》寫及縫窮、炒疙瘩，卻又像不經意。妙即在這不經意間。情感的節制也出自天然。即使所寫為性之所近，也仍保持著一點局外態度，靜觀默察，在其中又在其外。妙也在這齣入之間。無論寫故里人物還是寫北京人，他都不作體貼狀，那份神情的恬淡安閒卻最與人物近「體貼」又自在其中。有時局外人比個中人更明白，所見更深。汪曾祺愛寫小人物，藝人，工匠，其它手藝人，或手藝也沒有的底層人，他本人卻是知識分子。對那生活的鑒賞態度即劃出了人我的界限。身在其中的只在生活，從旁欣賞的不免憑藉了學養。在當代中國文壇，汪曾祺無疑比之熱衷於說道談玄的青年作者，對老莊禪宗更有會心的。因這會心才不需特別說出，只讓作品淺淺地彌散著一層哲學氣氛。這又是其知識者的徽記，他並無意於抹掉的。

青年作者更不易摹得的，是汪作的文字美感。當然也無須模仿，因為那決不是惟一的美。節制也在方言的運用。你會說那是因為汪曾祺不是北京人，但他寫故里也有同樣的節制（創作中不乏因「外鄉人」而加倍炫耀方言知識的例子）。他追求的是方言的白話之美。若說因了他是外鄉人，那他也就得益於這外鄉人。把文言當佐料、調味品，味太濃反而會奪了所寫生活的味。以外鄉人慎取慎用，不賣弄，專心致志於生活情調、人生趣味的捕捉，省儉的運用倒是更能入味。你又因此想到，以文字傳達那種文化固然非憑藉北京方言，把握其精神則更應有對於中國哲學文化傳統的領悟。北京文化在這一方面可以視為一種象徵。[59]

節制方言，其效用也在於化淡。汪曾祺筆致的蕭疏淡遠，在當代作家中獨標一格。淡得有味。淡而有情趣，即不致寡淡、枯瘦。情趣是滋潤文字的一股細水。當然，汪作也非篇篇清醇，各篇間文字的味也有厚薄。淡近於枯的情形是有的，在他的集子裏。

人所公認的，汪曾祺的作品有古典筆記小說韻味，卻又決非因了文字的苟簡。他用的是最平易暢達的白話而神情近之。他長於寫人，不是工筆人物，而是寫意，疏疏淡淡地點染。他自己也說過那不是「典型人物」。不同於傳統筆記小說的，是汪曾祺並不搜奇志異，所寫常是幾無「特徵」的人物的幾無色彩的人生，或也以此擴大了小說

59 汪曾祺以高郵人、林斤瀾以溫州人、鄧友梅以山東人對北京人人生形態、生活情趣的理解，亦說明北京人生活中的中國哲學文化含蘊。他們是以其知識者的修養、哲學意識、人生體驗而領略北京人生活情趣的。對於呈現中國文化，北京不過提供了最合於理想的形態而已。

形式的包容？雲致秋（《雲致秋行狀》）是有特徵的，有特徵的庸常人。作者也仍然由其庸常處著筆，所寫仍瑣屑，用筆仍清淡，卻使人想到平凡人物也可能提供有價值的人生思考。汪曾祺說過自己寫人物常常「逸筆草草，不求形似」。《雲致秋行狀》像是例外，並不「草草」。其實，當代京味小說寫人物多類「行狀」瑣聞軼事，彷彿得之於街談巷議；而不大追求筆致細密，過程連續，以及「典型形象」。那五典型，寫法也仍類「行狀」。《雲致秋行狀》對人物有含蓄的批評，在汪曾祺近於破戒。但極含蓄，點到即止，又是春秋筆法。這篇小說是有主題的一個普通人在歷史大戲臺上的尷尬地位渺小處境。這層意思只在淡淡的筆觸間，由你自己體味。

這些，都足以使汪曾祺即令有關作品不多、仍在京味諸家中佔有一個無人可以替代的位置。

陳建功

陳建功似乎是由北京周邊寫起，逐漸深入到了城區的胡同。胡同世界對於他未必比之京西礦區陌生。但並非生活其間的那方天地都是便於小說化的，何況京味小說有其傳統、有其形式要求呢。因而寫《轆轤把胡同 9 號》時，如我在前面剛剛說到的，那種「努勁」令看的人都有點吃力。追求表達上的京味，過分用力適足以失卻那味。在寫得圓熟的京味小說，語言使用中的冗餘處反使人更能味得其味，因而由風格要求看並不「冗餘」。過於用力的京味小說偏會有冗餘足以破壞語言美感的冗餘成分。

此時的陳建功或許還在模仿口吻階段，模仿即難得從容。要到脫出對語言的原始形態的模仿（求似），才能棄其粗得其精粹，達到運用與創造中的自由。由《轆轤把胡同 9 號》到《找樂》，你分明感覺到了作者語言努力的成效；卻在讀了他的《鬈毛》之後你才會發覺，

《找樂》中那個老人世界並非他最為熟悉的世界。他畢竟不同於鄧友梅或韓少華。在寫那老人世界時，他的文字仍顯得火爆。他是以青年而努力接近這世界的。《找樂》全篇用北京方言且一「說」到底，卻並不令人感到其中有中年作家那種與對象世界的認同。《轆》與《找樂》，是費了經營的，你看得出那精心布置的痕跡，裸露在筆觸間的「目的性」。較之汪曾祺、鄧友梅，他更注重意義。寫北京人的找樂，別人只寫那點情趣的，他卻更要評說那情趣中的意味。凡此，都是努力，不但努力於語言把握，而且努力於理解、解釋。努力於理解，又因不能認同。別小看了這一點差別。這麼一點洇開去，就洇出了作品不同的調子。

1985 年推出的《鬈毛》，令人不覺一驚。對於這作品，讀書界決不像對《尋訪「畫兒韓」》、《紅點頦兒》接受得那樣輕鬆。較之迄今所有的京味小說，它或許是最難以下嚥的。寫到這裏，我為難了：這《鬈毛》可否算作京味小說呢？

接受的困難首先來自粗鄙，作品語言的粗鄙。老舍小說寫過種種粗鄙的人物，從市井無賴到無恥的小職員，但那風格尤其語言風格決不同其粗鄙。你禁不住想，《鬈毛》的作者許是在跟傳統京味較勁兒？

甚至粗鄙也是時尚，比如涉筆性器官時的粗鄙。塞林格的《麥田裏的守望者》以小主人公自述的粗魯直率引人注目。《鬈毛》式的第一人稱自述或許當面對禮義之邦普遍的審美趣味時，更有一種挑戰意味？倘若京味只適用於老人世界，只能由陶然亭、圓明園、國子監柏樹林子、街道文化站等等保障藝術純潔性，實在也過於脆弱。宜於調製可口飯菜的，不免會把自己存在的理由限定在這上頭。「京味」畢竟不是佐料，只為把現實烹製得鮮美可口。然而《鬈毛》一類作品似未加工的赤裸裸的粗野的真實，仍然使得京味小說的傳統風格顯著嬌弱，像一件太易破損的瓷器。《鬈毛》或許是一種「反京味小說」偏要敲碎了試試！

主人公也並非京味小說裏有過的胡同串子，或小痞子，而是個尚在尋找自己在生活中的位置和自身存在價值的青年，有他對於人生的認真，和不乏嚴肅的思考。對於如鬈毛這樣的人物，似乎還沒有人這樣地理解過。順便說一句，陳建功是始終注重寫性格的。我敢說，鬈毛是個尚未經人寫過的性格。理解就是理解，沒有另外摻什麼甜膩膩的調料。這又是青年作家本色。

蘇叔陽、李龍雲作為京味文學作者，是值得以相當篇幅評說的。但他們的成就更在劇作方面。戲劇文學不屬於本書所論範圍。蘇叔陽的京味小說亦有特色，雖並不一定是他個人的力作。

此外，我們沒有理由冷落那些像是偶一為之的京味小說創作，和創作個性尚在形成中的作者的作品。我已就我力所能及，對有關作品在本書的其它處涉及了。因聞見所限，遺漏是難免的。所幸這是個正待開掘的課題，有關風格也在不斷的豐富之中。本書的闕漏粗疏及立論不當之處，自會得到補充與校正。

除上述作家作品外，不應放過的，還有那些雖未必可稱「京味小說」卻以使用了北京方言而有相近的語言趣味的作品。以外鄉人久居北京的，很難禁得住試用方言寫北京的誘惑。林斤瀾的《火葬場的哥兒們》、《滿城飛花》都令人感到這一點。有趣的是北京方言趣味甚至蔓延到他寫故鄉的篇什裏，那份爽脆，那種節奏韻律。在我看來，林斤瀾的筆致是非南非北，不能以南宗北派論的。或者也多少因了這個，寫南寫北都獨出一格。

張辛欣搜集和運用現時北京人口頭語言、北京新方言的能力更稱驚人，卻沒有人把她的《封片連》劃歸京味小說。這作品卻讓你看到了從所未見其有如此駁雜、紛亂、動盪不定的北京生活。我這裏只是在將其與京味小說比較的意義上，談作者面對複雜的生活、人性現象時的強悍氣魄的。我感到她幾乎是直接用了那潑辣恣肆的個性力量去消化材料，以氣勢黏連情節。長篇的議論、說明，過火的形容，一旦組織進作品，就與整體取得了和諧。這裏自有她的整合方式。就這樣「消化」了的，還有不同文體、不同語言形式，以及嚴肅與通俗文學的不同趣味。我以為，正是那種不擇地而出的充沛才情，飽滿健旺挾泥沙俱下的迫人氣勢，對語言材料不擇精粗而又以其個性力量消化融會的能力，便於她去佔有一個開闊的世界。那種文字像是把迸濺著的生活之流直接引入到作品中來了。你由此認識著一般京味小說無意於開掘的北京新方言的功能。這與那種以情態的暇豫從容、語言的純淨漂亮為特徵的京味小說，是何其不同的世界！你再次想到，對傳統京味的破壞的確來自生活本身。

京味小說與北京文化

一　文化的北京

據說北京建城於周武王滅商、封召公奭於燕、黃帝之後於薊的那一年，算來這個城已有三千多年的歷史。[1]有人以「長安文化」、「汴梁—臨安文化」、「北京文化」為三大類，把中國傳統文化分為三個時期：長安文化，是一種古今中外各民族大交融、大吸收的混合型、開放型、進取型文化；汴梁—臨安文化，是一種內聚型、思辨型、收斂型文化；北京文化，是一種由封閉型、保守型而不情願地走向吸收型的文化。[2]我疑心關於文化史三時期特徵的上述概括或失之簡單粗率，但這種以城市概括中國傳統文化歷史風範的想法，畢竟是誘人的，它將文化史大大地感性化了。甚至如長安、汴梁、臨安、北京這些名稱，都自然帶出一種情調、氛圍以至某種熟悉親切的情境來幾千年的文化累積所能提供的信息畢竟比文化史的抽象概括豐富生動得多。如果沒有對文化史宏觀把握的雄心，而感興趣於城市文化特性的研究，肯定會有與上述思路相徑庭的發現。比如歷史下行未必即有文化的全面沒落。以上述四個城市作為標誌的文化形態，也將有可能得到內容更複雜的描繪。文化史的尺度本應與社會發展史的尺度有所不同。

1　參看上海人民出版社1980年版的侯仁之、金濤《北京史話》，北京出版社1984年版《北京歷史紀年》等。

2　參看《讀書》1986年第12期第51頁。

京味小說作者所面對的清末民初以來的北京文化，其形態有更具體的成因。較之其它地域性文化如湘西文化，上述北京文化的形成與其說賴有天造地設的自然地理環境，不如說更是社會演變的直接產物。在「成因」中政治歷史因素顯然大於其它因素。兩個時期的京味小說作者以之為清末文化的活化石，如同由地殼變動的生成物考察地質運動那樣，在其上不懈地辨識不久前發生的大變動的痕跡，是極便當的。至少在老舍那一代人從事文學活動時，晚清文化遠不是賴有考古發掘才能復活的遙遠的過去，北京更是一冊可供翻閱、核查的實物材料。

在搜尋成因時，以下情況不至於落在人們的視野之外：其一，清王朝乾嘉以降日漸式微，貴族社會帶有頹靡色彩的享樂氣氛造成了文化的某種畸形繁榮。濃厚的消費空氣、享樂要求，從來是刺激藝術生產、工藝進步的，儘管這繁榮或許正是所謂的「亡國之兆」。在這裏也有必要區分社會歷史與文化史的不同眼光。其二，清王朝戲劇性的覆滅，使宮廷藝術、貴族文化大量流入民間，對於造成清末民初北京的文化面貌為力甚巨。於貴族文化與民間文化的某種合流之外，又有滿漢文化的融合。[3]其實民族文化的融合過程早就在進行之中，貴族的沒落也非在朝夕之間。有人以為老舍所寫的牛家（《牛天賜傳》）、小羊圈祁家（《四世同堂》）等等都屬旗人家庭，此雖不易考定，卻也可見滿漢文化融合在市民生活中的普遍性。北京文化的精緻，其消費性質，北京人的優雅趣味和文化消費心態，與貴族文化的民間化不無關係。當然，歷史上每一度王朝興替，都會使宮廷文化民間化。然而清王朝畢竟覆滅在社會轉型的中國，這裏不可能出現封建王朝更替中

3　據說「衚衕」=「胡同」，是源出蒙語的藉詞。蒙、滿、漢文化的融合，是北京特有的文化現象。對此也有不同的說法。〔明謝肇淛《五雜俎》云：「閩中方言，家中小巷謂之弄。……元《經世大典》，謂之火衖，今京師訛為衚衕。」

宮廷文化間的直接繼承性。宮廷、貴族文化的流向民間愈到後來就愈是單向的（即不表現為宮廷與民間的文化對流）、無條件的。這一過程不可免地在提高了北京市民的文化素質的同時，影響到他們的文化價值意識。

新時期以來，北京文化發掘一直是文化熱中的熱點，有關北京歷史文化的多學科綜合開發極一時之盛。除北京古籍出版社、北京大學出版社出版的《順天府志》，北京古籍出版社刊行的一批有關北京的明清舊籍外，還有今人編寫、輯錄的《北京史》、《北京史話》、《北京史資料長編》、《北京風物志》、《燕京鄉土記》、《紅樓風俗譚》、《魯迅與北京風土》，此外尚有《北京園林名勝》、《北京古建築掠影》、《馳名京華的老字型大小》、《舊都三百六十行》、《北京名勝楹聯》，以至《北京名園趣談》、《北京清代傳說》、《北京菜點選編》等等，掘發幾無所不至。參與其中的還有國外學者的著作。日本多田貞一的《北京地名志》，在明《京師五城坊巷衚衕集》、清《京師坊巷志稿》之後，又有考察增補，反映了北京地名的演變情況。瑞典學者奧斯伍爾德·喜仁龍的《北京的城牆和城門》對於中國的傳統建築文化也有頗具啟發性的見解。[4]趁「熱」而推出的，尚有《北京風俗圖》、《北京民間風俗百圖》，和專門記述天橋舊聞的《天橋》。這還只是筆者於書肆坊間偶然見到的，不免掛一漏萬，卻已可測知北京文化熱之程度。

在城市化進程中大舉發掘城市文化，是此一時期學術文化界的取向，並不獨北京為然。但這般聲勢、規模，如此豐贍的歷史文獻，如此強大的研究力量、出版能力，北京又非他處能比。

這也屬於當代京味小說創作的大背景的一部分。「背景」不但促

4 侯仁之在中譯本《北京的城牆和城門·序》中說：「我印象最深刻的是作者對於考察北京城牆與城門所付出的辛勤勞動，這在我們自己的專家中恐怕也是很少見的。」該書由北京燕山出版社出版，1985年8月北京第1版。

成一時（尤其 1982、1983 年前後）佳作並出，而且也大致規定了文學選擇的方向，造成當代京味小說不同於老舍作品的為上文論到的那些個特點。

本書寫「城與人」。上文因城而寫人，已談了不少，這裏還應由人而寫城，對關係的把握才近於完全。正如京味小說作者即使以展現北京文化為己任，也只能選擇文學所能承擔所宜承擔的那一部分任務，我對於京味小說的研究倘若也有文化考察的目的，自然也只能憑藉文學提供的便利，庶幾不造成利用中的浪費。即使如劉心武那樣的北京四合院考察，也不能在科學性上與有關的建築學著作爭勝的吧。由建築格局到生活格局的完整把握，更由建築—生活格局探入人的情趣、心態、文化意識，文學又自有它的優勢。文學永遠在提供著文學以外的記述、勘測、考證等等所不能提供的東西，即活生生的「人的世界」，這世界的豐富性、其中蓄有的感性力量。

北京不但出於人的文化創造、文化加工，其文化意義也賴有人的發現與闡釋。當著老舍以他的方式談論北京文化的面貌時，即把那些瑣屑事物本體化了。在他之前，還沒有過另一個人發現這些習見事物的文化意義。如果說審美對象意味著世界對主體性的某種關係，世界的一個維度，那麼，在塑造「文化的北京」的大工程中，京味小說作者的貢獻是無以替代的。劉再復以為「《立體交叉橋》主要是對人的個體和家庭的分析，而《鐘鼓樓》則是對社會生態群落的分析，它力圖反映一個社會的文化發生史」。[5]上述意向當著經由審美的方式部分地實現時，也一定會帶來某些只能被稱為「文學發現」的東西。在文學與北京文化的關係中，更有趣味的仍然是：文學當著闡釋北京文化時必得任這文化滲透在自身的內容與形式之中；審視與呈現北京文化

5 《讀書》1985年第9期。

者本身又是這文化中的獨特部分。這裏豈非也有歷史文化環境中人的一般處境？文學畢竟把這種關係或多或少喜劇化了。作為讀者，我們在世界與創作主體交互作用的事實中看有關作品時，自己也身在交互作用的關係網絡中：你自以為捉住了那城，城也在同一瞬間捉住了你。

京味小說是作家以文學而與北京聯繫的一種方式。它只是一種方式。生活內容的日趨豐富，城與人的關係的複雜化，都將增多聯繫方式和改變已有的聯繫形態。但就現有的文學材料看，京味小說憑藉自身條件所提供的北京人極富特徵性的心靈狀態，是其它風格的北京描寫難於以同等的生動性呈現的。即使風格在變異之後，作為一種歷史地存在過的聯繫方式，也將是有價值的。我滿足於京味小說所特殊提供的那一些，並以有關作品媒介作為進入北京文化、北京人的世界的入口。下文中將著重談到的北京人的「生活的藝術」和北京的「方言文化」，或許正宜於作為這樣的入口。

二　現代作家：文化眷戀與文化批判

我們仍然得涉及不同時期不同「代」的作家對於「北京」的加工方式。

「五四」新文學作者在面對北京文化時的內心矛盾，也是不會再以同樣的深刻度重複出現的了，那一代人所留在文學中的，或許不久就會成為只有憑藉特定語碼的譯解才有可能被認識的文學資料。年輕人將不無驚奇地發現，北京竟然承受過如此嚴峻沉痛的文化審視；同樣會使他們驚奇不已的，是其中的文化眷戀也竟深切到刻骨銘心。這一切多半不再能喚起他們的經驗聯想、情感共振。他們會輕易地從中辨認出現代史上那幾代知識分子有關文化問題的思維特徵。「五四」新文化運動對於傳統文化的聲勢浩大的批判影響於新文學是這樣深遠，造成了那幾代作家相近的文化價值取向，規定了他們逼近生活、把握生活的類似角度。當閱歷、風格極為不同的作者用近於同一的方式講述北京文化時，擬定其語義的是經驗與思維的共同性。

張天翼的《荊野先生》中有如下場面：

> 清靜的街，偉大的前門，荊野忽然對北京產生了說不出的感情。
> 「北京其實叫人留戀哩。」
> 「北京是對任何一種人都是適合的。」小老頭說。
> 「那也不，不是什麼適合不適合。只是在北京呆著，有點鳥味兒似的。」
> 「這什麼，這味兒是好是壞？」老惠問。
> 荊野看了他一眼。
> 「誰知道。可是北京，就是『呆』不出一點勁兒。」但又感傷地說了一句：「在北京的這幾年算是個夢罷。」

王西彥的《和平的古城》寫在 1936 年秋。開頭引日本鶴見祐輔的《北京的魅力》：「我一面陶醉在支那生活的空氣中，一面深想著對於外人有著『魅力』的這東西。元人也曾征服支那，而被征服於漢人種的生活美了；滿人也曾征服支那，而被征服於漢人種的生活美了。現在西洋人也一樣，嘴裏雖然說著 Democracy 呀，什麼什麼呀，而卻被魅於支那人費了六千年建築起來的生活的美。一經住過北京，忘不掉那生活的味道。大風時候的萬丈的沙塵，每三月一回的督軍們的開戰遊戲，都不能抹去這支那生活的魅力。」在引文之後，這位中國現代作家感慨萬端、悲憤不已的，卻正是淪陷後北京的「和平空氣」，和依舊悠然的古城居民：「中山公園裏，時常可以見到百數以上的紅肩章武士雜在人叢裏，蹂踏著草坪，折著花木；而遊人們悠然如故，沒有顯出半分的不調和或不自然。」小民不得已的政治冷漠和優遊既久的麻木。「一年前日本浪人和漢奸從豐臺劫了鐵甲車轟北京城，半夜裏炮聲隆隆地，炮彈經過南城直飛到西北城。第二天廓外還在激戰中，可是城內依然歌舞昇平，全城竟有一大半人不知道這回事情。有的人身住宣武門外，炮彈從自己屋頂飛過，巨大的聲音把他從夢中驚醒了，他只模糊地咕噥一句：『討厭的，放什麼炮呀！』打了一個呵欠之後，依然朦朦朧朧地沉入睡鄉去了。」

作者不能如外國遊客、僑民那樣，玩賞北京如玩賞一個大古董。文章的結語是：

> 的確，北京城是有著它獨特的魅力，有著它獨特的生活的美的。這種「魅力」與「生活的美」，非但「每三月一回的督軍們的開戰遊戲」抹不去，連敵人的大炮和飛機又何嘗抹得去呢？
>
> 嗚呼——東方的馬德里！和平的古城！

在同一時期的另一篇小說裏，王西彥寫到這「灰色古城」在侵略勢力籠蓋下元宵節「歡樂的喧囂」：「整個古城瘋狂了一般，每個角落都浮動著人潮。」主人公反覆慨歎著：「最要不得的是心的死亡……」

這通常也是知識者自覺被置於沙漠上四望寂然的時刻。他們周圍睡意尚濃的馴良市民，是非有更結實的打擊到來時才能被震醒的。

老舍在《離婚》裏，在《貓城記》裏，在《四世同堂》裏關於北京文化的激切沉痛的批評並非空穀足音。雖然只有他，才這樣不厭其煩不避重複地談論「北平文化」，以至寫在 1932、1933 年的《離婚》、

《貓城記》中那些憤激之言像是此後事態的預言或警報。[6]批評集中在北京魅力所在的閒逸情調、優遊態度、馴良神情上。因為在 30 年代初險象環生危機四伏的大環境中，閒逸足以令人委靡，優遊意味著麻木，馴良則往往是一種奴性。

上述北京文化批判是「五四」以後中國傳統文化批判的一部分。在老舍本人，那種以知識者為整個民族、歷史承擔責任以至於「受過」的沉重意識，又有其更特殊的心理背景。[7]《離婚》、《四世同堂》借諸人物對北京文化的反覆批判中，有關於近代中國歷史悲劇及其責任的思考。當著「北京文化」被作為中國文化的象徵物，在特定語境特定語義上使用時，老舍沒有餘暇像當代知識分子這樣從容地辨析這文化本身的優長與缺憾。

不可免的，這裏有理性與情感的剝離。因為無論對於老舍還是對於其它現代知識者，北京都是那樣可親的存在。批判中的沉痛正出於摯愛。於是，由議論所表達的理性態度和灌注於具體描寫中的情感態度構成作品中隨處可見的矛盾。寓在深切憂慮中的深切眷戀，使老舍在重慶北碚遙望故園時，寫下了這樣血淚淋漓的文字：

最愛和平的中國的最愛和平的北平，帶著它的由歷代的智慧與

---

6 在《四世同堂》裏，他借人物之口說：「……再抬眼看看北平的文化，我可以說，我們的文化或者只能產生我這樣因循苟且的傢伙，而不能產生壯懷激烈的好漢！我自己慚愧，同時我也為我們的文化擔憂！」「當一個文化熟到了稀爛的時候，人們會麻木不仁地把驚魂奪魄的事情與刺激放在一旁，而專注意到吃喝拉撒中的小節目上去。」「……應當先責備那個甚至於把屈膝忍辱叫作喜愛和平的文化。那個文化產生了靜穆雍容的天安門，也產生了在天安門前面對著敵人而不敢流血的青年！」「這個文化也許很不錯，但是它有個顯然的缺陷，就是：它很容易受暴徒的蹂躪，以至於滅亡。」較之《離婚》，《四世同堂》探索北京文化所及更深廣，也因此時正是歷史所提供的文化反思的機緣。

7 老舍筆下的旗人說，「旗人也是中國人」，「旗人當漢姦罪加一等」(《茶館》)。

> 心血而建成的湖山，宮殿，壇社，寺宇，宅園，樓閣與九條彩龍的影壁，帶著它的合抱的古柏，倒垂的翠柳，白玉石的橋樑，與四季的花草，帶著它的最輕脆的語言，溫美的禮貌，誠實的交易，徐緩的腳步，與唱給宮廷聽的歌劇……不為什麼，不為什麼，突然的被飛機與坦克強姦著它的天空與柏油路！

也像諾貝爾文學獎獲得者、捷克斯洛伐克作家雅·賽弗爾特談到布拉格時所說的那樣[8]，北京不只是它自身在承受文化批評時它不只是自身，在被眷戀時它也不只是自身。

一旦進入審美的層面，原本清晰的意識總會變得錯雜、混沌。《四世同堂》關於北京生活中閒逸情調的批評，與對正是在閒逸中培植的生活情趣的欣賞，把作者面對同一文化現象時理性與情感判斷的錯位表露得淋漓盡致。你的確無法在渾然一體的北京文化感受中將其優長與缺陷離析開來，比如在傾心於這大城魅力所在的雍容與優雅時，摒棄其優雅雍容賴以維持的閒散慵懶。中國的讀書人，士大夫，又是何等地熟悉並眷戀那種閒逸情調！老舍畢竟是北京人。他的批評，他那些喋喋不休的議論，有時真令人疑心是自己跟自己過不去一種內心掙扎呢。

創作，即使非熱狂狀態的創作，也往往誘出創作者最深潛最隱秘的心理真實，使其由深層上陞到表層，呈現於文字形式；使價值意識、歷史意識、文化意識等等的衝突最終表現為審美形式的自身矛盾。文化意識的矛盾轉化為審美的矛盾，是這一時期文學中極為普遍的現象，在魯迅對於魯鎮—未莊文化、蕭紅對於呼蘭河文化的藝術呈現中都存在著。這迫使我們以更複雜的眼光看待現代知識者、現代作

8　參看《世界文學》1985年第4期，雅·賽弗爾特回憶錄《世界美如斯》。

家的文化心理特徵，看出「兩項對立」之間原本存在著的繁複的中介形態來。創作者的上述理性與情感判斷的矛盾的內容化，豐富了作品的文化蘊涵；對於批評家，則在為歷史的與美學的批評設置障礙的同時，使得批評有可能引出更有價值的發現。

老舍關於北京文化的思考，並非以「五四」新文化為惟一的參照係。上述情況與老舍「五四」時期的思想起點有關。[9]這兒又有「五四」新文化運動的精神影響實現在具體的人那裏時的特殊性。批判、檢討民族性格的典型「五四」命題和對「五四」精神的某種保留態度，文化觀的急進色彩和社會政治態度上的保守傾向，北京文化靜態批評時的嚴峻性和面對其現代命運做動態考察時的輓歌情緒等等，都複雜化了作者的文化心理和作品的美感形態。當代小說就總體而言較之三四十年代小說美感複雜，當代京味小說較之老舍作品卻顯得單純明朗，也由於上述心理背景的差異。無論老舍小說還是當代京味小說，最浮泛淺露的，是直接表述出來的理性。「議論」往往成為藝術結構內部最具破壞性的成分。老舍在盡了一番努力之後，只好滿足於關於北京文化的膚淺重複的見解。尼采曾經談到，「希臘詩人們的主角，他們的言談似乎比他們的行為更加膚淺」，他甚至以為哈姆雷特的說話也比行動膚淺。在希臘詩人，「劇情的結構和直觀的形象，比起詩人自己用臺詞和概念所能把握的，顯示了更深刻的智慧」。[10]也可以這樣談論老舍，而且不妨認為，老舍作品較之當代京味小說的豐富性和內在深度，一定程度上正由於作者文化意識的自身矛盾和那種力圖「統一」的艱苦努力。他是否達到了他所追求的，在這裏幾乎是無

9 老舍說過：「『五四』把我與『學生』隔開。我看見了五四運動，而沒在這個運動裏面，……在今天想起來，我之立在五四運動外面使我的思想吃了極大的虧，……」（《我怎樣寫〈趙子曰〉》，《老舍生活與創作自述》第9-10頁）。

10 《悲劇的誕生》中譯本第72頁，三聯書店，1986。

關緊要的。全部意義在於這種追求的審美結果。而對於此，我們可以大致滿足了。

三　家族文化·商業文化·建築文化

我們不得不使用如「北京文化」一類較大的概念於具體的現象分析，這也是論證中難以避免的語言問題。京味小說所寫，主要為北京的市井文化；至於北京文化的其它方面，比如學術文化，不能想像成為文學的對象。然而文化價值卻又非因其為「市井」即見低下。市井文化中完全可能含有對於說明中國文化特徵極有意義的東西。不論老舍還是當代京味小說作者，在其對北京文化的發掘中，都展示了鄉土中國的重要方面；具體題材、所描寫生活瑣屑的「小」中，都寓有「大」。藝術創造的特殊要求使他們依賴於個別性，材料的性質與時代思潮卻總是把意嚮導向廣遠，使其追尋一般、普遍，如民族文化、民族性格，等等。有人談到老舍的滿族氣質和其作品中的滿族文化。我毫不懷疑這種研究的價值，卻以為在老舍開始創作的那個時代，擁有了老舍那種教養的現代知識者，其具體民族意識（如滿族意識）或許比之當代人更為稀薄。至於當代作家，他們的某些作品雖格局顯得狹小，卻憑藉自己相對狹小、嚴格的文學選擇，在某個特定方面（如北京人的生活情趣、審美的人生態度）的開掘中，達到了北京文化的深處。即使分別看來顯得單薄，同時期一批作品在一個方向上的掘進，所達到的，或許是老舍那一代人雖及於卻因判斷失之簡率而未能深入的。這些作品展示的北京文化，有可能是既富於美感又富於意義含量的方面。

我們不妨抽出幾個側面聊示一般，看老舍與當代京味小說作者在他們的北京描繪中，提供了哪些北京文化的特徵性描寫，以及超出了地域文化的東西。

家族文化

關於京味小說對傳統社會家族文化的發掘及發掘中的優勢與缺欠，上文已多所談及，這裏只需做一點補充。

馮友蘭說過：「家族制度過去是中國的社會制度。傳統的五種社會關係：君臣、父子、兄弟、夫婦、朋友，其中有三種是家族關係。其餘兩種，雖然不是家族關係，也可以按照家族來理解。君臣關係可以按照父子關係來理解，朋友關係可以按照兄弟關係來理解。在通常人們也真的是這樣來理解的。」[11]「五四」時期家庭倫理小說流行，禮拜六派的刊物上亦常有這類小說刊載。初期新文學大多是由家族對於青年知識者愛情自由、婚姻自主要求的壓制這一有限方面呈現家族形象的，對於家族制度的功能的理解，也限制在純粹而又狹窄的道德方面。到 30 年代，如馮友蘭那種對於家族制度的理解才反映在文學創作中，《激流》等作品的產生即以此為條件。老舍以其面對北京市民社會的特殊便利，呈現了多種中國式的家庭形態，展示了它們共有的封閉、自足（與外界缺乏交換）等文化特徵，以及這種傳統家庭在現代社會中經歷的瓦解、重建過程。寫家族倫理，新文學史上不乏其人；而跟蹤觀察傳統家庭，探索其現代命運與改造之路，並由此引出「家—國關係」、個人與社會關係等重大命題的思考，由家庭改造引向民族生存方式改造的大主題的，老舍是突出的一個。這裏值得注意的，也是由家庭倫理問題到人性、民族性格改造的問題，由家庭變遷，個人與家庭、國家間關係的變遷到民族生活的變革的由近及遠，由具體及於普遍，由狹小及於廣大的思路。與較為單純的《激流》立意（反封建）不同，經由家庭，老舍探究整個中國的命運，由北京淪陷前民族危機（透過家庭危機、人的精神危機呈現），到戰火中民族

11 馮友蘭：《中國哲學簡史》，北京大學出版社1985年版，第27-28頁。

再生（同樣透過家庭在解體中重建來表現），寫出了當時的家庭倫理小說所可能有的較大的社會歷史及文化含量。

這自然不是人為擴張。家族倫理是一整套傳統文化哲學的基石，《離婚》中張大哥的哲學以婚嫁為基點推廣而無所不至，是對於上述事實巧妙的藝術概括。「天下之本在國，國之本在家」（《孟子・離婁》）。只有在這種倫理現實中，張大哥的家庭紛爭才具有社會歷史以至社會政治的含義，整部小說才成其為中國社會的象喻。老舍所追求的，正是情節所負載的上述喻義。

在對於人倫關係的具體表現中，老舍使你看到，這種以父子關係為主軸的家庭，為了家族生命的延續，必然以其成員犧牲個性、個人需求為代價。即使小羊圈祁家這種非標準化的大家庭，個人也只有在其與家族的關係中才能肯定自身。對於個人價值的判斷不能不依據家族利益的尺度，尤其其中的女性。「宜室宜家」，是傳統社會之於女性的起碼要求；韻梅（《四世同堂》）那位批評著「北平文化」的丈夫，以至小羊圈世界的創造者老舍本人，最終都不能不在這一意義上，肯定人物的存在價值。這類思考的困境是作品中真正深刻之處，這兒才有思想的潛藏量。老舍作品中的有關議論的價值，也在於對其思想困境的披露，在於由議論的重複與無力透露出的矛盾在實際生活中的難以解決。

老舍沒有為傳達思想、意念而將「生活」極端化。他不選擇極態，所寫是中國式生活、人生中較為普遍的狀態。[12]尋常狀態中的普

12 老舍所寫大家庭較之《激流》、《財主底兒女們》中的「家」，是非標準化的。比如其中沒有家族統治者、擁有十足權威的封建家長形象。甚至小羊圈祁家所住四合院，也不是最合規格的，為此祁家老太爺對鄰居那方方正正的宅院嫉羨不已。「非極端化」的生活依據，一方面是倫理結構的現代變動，另一方面則是小民生活中倫理事實與由官方所支持的倫理規範間的差異。社會關係的實際變動當著發生在平民尤其中下層社會時，較之其理論形態更具有靈活性多樣性。於此我們再次感受到老

遍倫理關係，普遍人生，其中或許也寓有更「現實」的中國？歷史畢竟已推進到現代，家庭關係畢竟在歷史地改造著。因非「極態」而更顯出頑梗的倫理事實，其中包含的悲劇性才是真正令人驚心動魄的吧。即使在對家庭場景的描繪中，老舍也無以統一他的理性與情感判斷。他不能不在表現那些賢淑女子的悲劇境遇時欣賞她們的賢淑和頌揚她們的自我犧牲。這無意中敷染了更濃重的悲劇色彩，複雜化了作品、形象的意味。老舍以其作品，更以其注入描寫中的自身矛盾，經由家庭形象，把中國社會在進向「現代」途中的實際困境，把生活中不能不延續下去的倫理痛苦藝術化了。

京味小說在老舍之後，一致表現出長於描寫家庭生活的特點，關於青年的認識與描寫則遠遠超出了老舍當年的眼界與見識。包含其中的倫理思考容或沒有老舍創作的尖銳性，卻保留了尊重生活、非理念化，和選擇、表現中的自然。這些作品的有關價值也在所提供的形態的多樣性和描寫的細緻入微上。「思想」不免會是時期性的，藝術化的人生形態或許更有長久的生命。

商業文化

一如長於描寫家庭生活場景，尤其傳統的家庭倫理關係，京味小說無論老舍還是當代諸家也長於表現傳統的商業活動場景，「老字型大小」，以及胡同裏小本經營的坐販行商；長於寫舊式商人，他們的商業作風，舊式商業的格局、情調。「老字型大小」屬於鄉土中國。「中國的傳統商業是家庭單位的店鋪與家庭資本、家族管理的行號。」舊式商業，其經營方式及有關的商業道德、對商業行為的社會

舍筆下生活的平凡性質，他的非由流行理論出發，而由真切的生活體驗出發的創作特點。

評價方式，帶有宗法社會的鮮明印記。這種商業是老北京作為消費城市其日常生活的重要組成部分[13]，不能不在意欲呈現北京文化的作品中佔有一個顯要的位置。

似乎是，凡經驗過老北京生活的人，總會對那些老字型大小，那些商販、公寓老闆不能忘懷。「三合祥的金匾有種尊嚴！」（老舍：《老字型大小》）。北京城老字型大小的招牌及其古舊情調，店鋪的悠閒氣氛，胡同深處小販別致的叫賣聲，都成為古城風物的組成部分，而且是其中韻味悠長的一部分。周作人看老店鋪的招牌油然而生「焚香靜坐的安閒而豐腴的生活的幻想」。[14]林海音寫夢裏京華，對走街串巷「換綠盆兒」的記憶猶新。[15]《北京風俗雜詠》（北京古籍出版社，1982）中幾處寫到賣冰的小販風味獨具的經營方式（「銅盞敲冰賣」，「忽聽門前銅盞響，家家喚買擔頭冰」）。《帝京歲時紀勝》（潘榮陛）記清代北京元旦盛況，「聞爆竹聲如擊浪轟雷，遍乎朝野，徹夜無

13 北京旅遊出版社刊印的《舊都三百六十行》，與北京古籍出版社出版的《北京風俗圖》（陳師曾畫）記載、描摹舊北京小商人、小手藝人情狀，可以見出北京的消費型文化特徵，和舊式商業、手工業的繁榮。

14 周作人《北京的茶食》：「……關於風流享樂的事我是頗迷信傳統的。我在西四牌樓以南走過，望著異馥齋的丈許高的獨木招牌，不禁神往，因為這不但表示他是義和團以前的老店，那模糊陰暗的字跡又引起我一種焚香靜坐的安閒而豐腴的生活的幻想。……」《雨天的書》第68頁，北新書局，1935。

15 林海音：《我們看海去》。林語堂的《京華煙雲》中也寫到市聲：「有街巷小販各式各樣唱歌般動聽的叫賣聲，串街串巷的剃頭理髮匠的鋼叉震動悅耳的響聲，還有串街串巷到家收買舊貨的清脆的打鼓聲，賣冰鎮酸梅湯的一雙小銅盤子的敲擊聲，每一種聲音都節奏美妙……」蕭乾則寫到外國人對這街頭音樂的沉醉：「一位二十年代在北京作寓公的英國詩人寫過一篇《北京的聲與色》，把當時走街串巷的小販用以招徠顧客而做出的種種音響形容成街頭管絃樂隊，並還分別列舉了哪是管樂、弦樂和打擊樂。他特別喜歡聽串街的理髮師（『剃頭的』）手裏那把鉗形鐵鉉，用鐵板從中間一抽，就會呲啦一聲發出帶點顫巍的金屬聲響，認為很像西洋樂師們用的定音叉。……他驚奇的是，每一樂器，各代表一種行當，而坐在家裏的主婦一聽，就準知道街上過的什麼商販」（《北京城雜憶・吆喝》第22-23頁）。

停。更間有下廟之博浪鼓聲，賣瓜子解悶聲，賣江米白酒擊冰盞聲，賣桂花頭油搖喚嬌娘聲，賣合菜細粉聲，與爆竹之聲，相為上下，良可聽也。」最難忘的，是這市聲。在流寓他鄉的北京人，「銅盞敲冰」或許是最宜入夢，最足作成「思鄉的蠱惑」的了。那才是熟悉溫暖親切近人的北京。[16]

瞿秋白曾說到「中國式的資產階級，所謂商人」，不同於「現代式的上海工廠和公司的老闆」，他們是所謂「小商界」。[17]同屬「中國式」，發展到近現代，其間也有規模的不等。「北京的買賣家，大小之分猶如天上地下」（劉進元：《沒有風浪的護城河》）。在京味小說作者，卻像不大長於寫顯貴要人，他們也不長於寫富商巨賈，熟悉的是較「小」的一類，而非同仁堂、瑞蚨祥那種「資財萬貫，日進斗金」的主兒。即使老字型大小，如王利發的茶館，也仍然是「小」的。這是一些屬於胡同世界的買賣人。

消費的北京，從商是胡同裏的尋常職業。京味小說所寫，首先是道地的老北京人。老舍寫經營布店的祁天祐（《四世同堂》），寫開茶館的王利發，短篇則有《老字型大小》、《新韓穆烈德》；汪曾祺寫小酒店情調；鄧友梅寫小客店主人（《煙壺》），寫「跑合的」（《尋訪「畫兒韓」》、《煙壺》）；蘇叔陽《畫框》寫小本生意人；劉進元《沒有風浪的護城河》寫炕頭上設攤做買賣的胡同老人。寫市場、商業活動場景而備極生動的，還有《煙壺》中的德外鬼市。雖非正宗京味也京味十足的《封片連》、《鬈毛》，則把當代北京的個體商場，寫得聲態並作，一派火熾。

16 《帝京歲時紀勝》，北京古籍出版社，1981；引文見該書第7頁。對京師商販的叫賣聲，〔明〕史玄《舊京遺事》等，亦有生動描繪。

17 瞿秋白：《亂彈・談談〈三人行〉》（1932年3月），《瞿秋白文集》第1卷第450頁，人民文學出版社1985年版。

更有文化—風俗意味的，自然不是店鋪招牌，而是那種古意盎然的經營方式。人情體貼是一種商業藝術。老北京商販給人印象深刻的，是禮儀文明與十足的人情味。[18]「三合祥雖是個買賣，可是照顧主兒似乎是些朋友。錢掌櫃是常給照顧主兒行紅白人情的。三合祥是『君子之風』的買賣：門凳上常坐著附近最體面的人；遇到街上有熱鬧的時候，照顧主兒的女眷們到這裏向老掌櫃借個座兒」(《老字型大小》)。「一家三間門面的布鋪掌櫃」祁天祐，有一張典型的商人面孔：「作慣了生意，他的臉上永遠是一團和氣，鼻子上幾乎老擰起一旋笑紋」(《四世同堂》)。和氣的商人，是足增人間的暖意的。「賣燒餅的好像應該是姓『和』名『氣』，老李痛快得手都有點發顫，世界還沒到末日！拿出一塊錢，唯恐人家嫌找錢麻煩；一點也沒有，客客氣氣地找來銅子與錢票兩樣，還用紙給包好，還說，『兩攙兒，花著方便。』老李的心比剛出屜的包子還熱了」(《離婚》)。有時因店鋪夥計太和氣，太會拉主顧，以至使老李「覺得生命是該在這些小節目上消磨的，這才有人情，有意思」(《離婚》)。和氣與耐心是經營藝術，也是老派市民的修養。即使買賣不成，憑著「北平小販應有的修養」，他們會「把失望都嚴嚴地封在心裏，不准走漏出半點味兒來」(《四世同堂》)。[19]

---

18 〔清〕夏仁虎《舊京瑣記》記北京的綢緞肆「其接待顧客至有禮衷，挑選翻搜，不厭不倦．菸茗供應，趨走極勤。有陪談者，遇仕官則言時政，遇婦女則炫新奇，可謂盡交易之能事，較諸南方鋪肆之聲音顏色相去千里矣」(第97頁，北京古籍出版社，1986)。梁溪坐觀老人寫琉璃廠書肆主人的「工應對，講酬酢」，且有學識，「此種商業，與此種人物，皆將成廣陵散矣」。見北京古籍出版社1982年版《琉璃廠小志》第34-35頁。

19 當然，誠實也是信用的保障。祁天祐的小布鋪，「一向是言無二價，而且是尺碼如一。他永不仗著『大減價』去招生意，他的尺就是最好的廣告」。言無二價，既是誠實，亦是保守頑梗，不知變通。因而美德當社會經濟變動時反倒促成了古舊商業的沒落。

當這種時候，京味小說只寫方式、情調，商業關係已在其中。這種交易依賴的，是傳統社會的人情信託而非現代社會中的商業契約和赤裸裸的利益原則。[20]因而營商得憑藉「外場工夫」；商店的裝潢華麗比之資產、貨色更易於顯示信用。對此清末筆記中亦有所記。鄧友梅筆下的估衣行情景，在當今的年輕人或覺匪夷所思的吧。「老客來了先接到後櫃住下，掌櫃的要陪著剃頭、洗澡、吃下馬飯，晚上照例得聽戲」(《〈鐵籠山〉一曲謝知音》)。講求信義、人情，以非商業手段達到商業目的。

讓人留戀的有時只是情調。《老字型大小》所寫那種寧靜悠閒的古舊商業情調，幾近於抱雌守虛清靜無為的哲學境界。「多少年了，三合祥永遠是那麼官樣大氣：金匾黑字，綠裝修，黑櫃藍布圍子，大机凳包著藍呢子套，茶几上永放著鮮花。多少年了，三合祥除了在燈節上才掛上四隻宮燈，垂著大紅穗子；此外，沒有半點不像買賣地兒的胡鬧八光。多少年了，三合祥沒有打過價錢，抹過零兒，或是貼張廣告，或者減價半月；三合祥賣的是字型大小。多少年了，櫃上沒有吸煙卷的，沒有大聲說話的；有點響聲只是老掌櫃的咕嚕水煙與咳嗽。」三合祥是與古城一體的，且比之胡同更多著些端肅與莊重，更有陳年老酒般的氣息。[21]

---

20 費孝通《鄉土中國》:「……西洋的商人到現在還時常說中國人的信用是天生的。類乎神話的故事真多：說是某人接到了大批磁器，還是他祖父在中國時訂的貨，一文不要的交了來，還說著許多不能及早寄出的抱歉話。——鄉土社會的信用並不是對契約的重視，而是發生於對一種行為的規矩熟悉到不加思索時的可靠性」(第6頁，三聯書店，1985)。現在讀來，這一則商業神話的意味不免更是諷刺性的。

21 文化空氣的薰染使當代個體攤檔也難有廣州街頭那種戰場般的緊張氣氛，買賣之間仍有一種暇豫從容：「買貨的、賣貨的、過路的、加上閒呆著沒事兒看熱鬧的，像戲園子裏一樣地插科打諢，隨隨便便。停下來貧一句，又接著趕路、買賣、呆著……」(《封片連》)

茶館老闆王利發（《茶館》），幾乎可以看作古老商業傳統的人格化。作為舊式生意人，他幾乎是太完美了。他渾身上下沒有一處不合於禮儀規範，不合於這種社會對於一個商人的道德與行為要求。他即茶館。茶館的風格、面貌，幾乎只係在王利發的個人風格上。

相對活躍的消費品市場和極端保守的商業經營方式，相對發達的商業與極不發展的近代商業觀念，構成近現代中國奇特的商業文化面貌，並不獨北京為然。老北京除有數的老字型大小外，商業規模的普遍狹小，也正是傳統農業社會、農業文明制約的結果。限制了商業文化現代化的，與限制著宗法制家庭解體的，是同一個鄉土中國。以整個社會生產水準的低下為前提的生活水準的相對均衡，也限制著商業活動的規模。京味小說所寫北京商人傳統的商業倫理，即反映著中產市民保守的道德要求。

一種在現代人眼中極奇特的現象是，以盈利為追求的商業活動，卻千方百計掩飾其本應公開申明的商業目的。傳統社會世俗心理中的商業道德，制約著上述真實的商業目的的實現，或作為這種目的的遮飾物。《沒有風浪的護城河》以不圖賺錢的小本生意人祁家老祖兒作為「變著法兒坑人」的攤販的道德對立物。祁家老祖兒，「那叫多仁義，多厚道！」這是胡同居民（包括作者）對於一個生意人的道德評價，使用的是胡同裏通用的一般道德尺度，這種尺度是不關心商業效益的。[22]祁老祖兒式的「仁義」、「厚道」，也順理成章地以「不大會做買賣」為條件。

《牛天賜傳》並非寫北京，其對於牛老者的描寫卻反映了老北京人及老舍本人評價商人所持標準。牛老者「是天生的商人」，他中

22 對舊式商人由道德方面的描寫，由這一方面呈現的「老字型大小」與洋派商業的文化對比形態，不能不把歷史道德化了。茅盾於同時期創作的《林家鋪子》顯示出與老舍的不同眼光，是可資比照的例子。

庸、謙和而悠然。他的經商不憑藉商業智慧，他靠的是一種「非智慧的智慧」，近於奇妙的本能。「對什麼他也不是真正內行，哪一行的人也不誠心佩服他。他永遠笑著『碰』。」「他有這麼種似運氣非運氣，似天才非天才，似瞎碰非瞎碰的寶貝。」悠悠然使他顯著點兒飄逸，不俗；非內行則讓他保存一些天真，平易。中國古代史傳、筆記中的風雅商人無不有非商人氣質以至名士氣，這裏有早經形成的評價商人的士大大標準，所謂「雖為賈者，咸近士風」(《戴震文集》卷十二《戴節婦家傳》)。非商人本性的商人才是好商人，道德感情上可以接受的商人。[23]

掩蓋、逃避經濟利益原則的商業道德，在現代人的眼裏是虛偽的。多數情況下，它以「勤儉」、「誠信」等等並不體現商業特性的一般道德規範掩蓋了商業行為的實際願望。京味小說作者往往也在這裏，與古城的古舊傳統、風習認同。

傳統道德明於義、利之辨，這使得孜孜以逐利的商業活動不能不在道德上處於窘迫境地。而上述道德傳統確也造成過重義（信義、信譽）輕利的詩意文化。你又不能不承認，京味小說作者對古老商業文化的眷戀有極其現實的根據。蕭乾的《鄧山東》寫老北京小販與買主間的一份「交情」:「俺眼沒都長在錢上。朋友交的是患難。」《鐘鼓樓》中的老修鞋匠「心平氣和地」對取貨而不付錢的女顧客說：「你拿走吧。我一分錢也不收你的。」因為「他希望人們尊重他的勞動。他並不需要施捨。他收的不是料錢而是手工錢」。他指望的是對他那技藝的讚美與肯定，他看重那點「玩意兒」(技藝)，而不是它的商業

23 營商，牛老者所奉行的，近於徐大總統哲學：聽其自然。無為而無不為，近乎不經營的經營。介在有意無意之間，自然與人工之間——這裏有京味小說作者所欣賞的人生姿態。上述觀察商業行為的非商業眼光，出於審美評價而非功利衡量，其心態是典型知識分子的。

價值。這是古老北京、古老中國小手工業者、小工匠的職業心理，其中有小生產者建基在技藝自信上的自尊。這種古樸風習和傳統商業中的人情味，使北京商店、北京商販足以激起本節開頭寫到的那種溫暖親切的文化感情，令你不便以傳統、現代、前進、倒退的二分法去一味指責京味小說作者的文化認同。在承認價值多元的現代社會，傳統文化中的詩意部分將被認為是有永恆魅力的。

同時，正是京味小說使你看到，作者們給以溫情脈脈的描繪的那種富於尊嚴感的莊重古樸的商業活動，決不是生氣勃勃、充滿活力的現代商業的對手。它們過於道德化了，其中缺乏的，是富於刺激力的經濟思想。「老字型大小」三合祥憑藉其「許許多多可寶貴的老氣度，老規矩」，以拒絕廣告、「減價半月」維持其金匾的「尊嚴」，寫在作品中，這「官樣大氣」卻給人以滑稽感。舊式商人的信念（「咱們作的是字型大小」）在小說提供的商業環境中也給人以滑稽感。既然三合祥只能是「老」三合祥，別的什麼也不是，什麼也不能是，三合祥就只能「倒」給那些不講規矩的商號，活像個從容赴義的英雄但在作者筆下也不只悲涼，而且透著滑稽。正直規矩的錢掌櫃是一個人，也是一個商業時代。他「帶走了一些永難恢復的東西」。字型大小還在，老字型大小「已經沒了」。老舍仍然有他的深刻。他在寫到被置於這種境地的「老字型大小」時，悲愴中有對歷史境遇的意識，對於古老商業本身缺乏生存能力的意識。因而他的悲劇感就不只出於對古舊事物行將消逝的哀挽，其中有對歷史與道德的二律背反的覺察與思考。這兒彙集了老舍作品中極富歷史感的部分，集中思考現代與傳統，城市化、現代化過程的文化含義的那一部分。這些作品對於現代商業文化的道德化的批判固然包含有明顯的膚淺，以至市民意識的狹隘性，同時又含有民間智慧，普通人對於歷史文化複雜現象的觀察。其實老舍筆下的「老字型大小」又何嘗真的是老北京商業文化的代表！其更深刻的真實也許在於體現了一種商業理想，對於富於人性的商業的理想。這理想或許會在經濟發展的更高水準上實現的？

建築文化

蘇珊・朗格以近於浪漫的詩情寫到建築藝術所可能有的文化蘊涵與美感境界：「建築家創造了它的意象：一個有形呈現的人類環境，它表現了組成某種文化的特定節奏的功能樣式。這種樣式是沉睡與蘇醒、冒險與穩妥、激勵與寬慰、約束與放任的交替；是發展速度，是平靜或跌宕起伏的生命過程；是童年時的簡單形式和道德境界充滿時的複雜形式，標誌著社會秩序神聖和變化莫測的基調與雖然進行了一定選擇卻依然被來自這種社會秩序的個人生活所重複的基調的交替。……」[24]

「京師屋制之美備甲於四方。」京味小說作者，尤其當代作者，在對於北京文化外在形態的呈現中，往往禁不住要津津有味地寫北京人的宅院，宅院中的布置，描寫不厭其詳。這固然是一種知識，有關北京生活不能不備的知識，不同作者間命意又有不同。《少管家前傳》寫京都大宅門的庭院，除知識趣味外，旨在表現清末民初王公貴族的生活情調；《鐘鼓樓》寫四合院，如上文所說，興趣更在北京民居建築形制及其文化功能的綜合考察、分析。

以四合院作為北京民宅的一般樣態，出於對胡同文化作為北京文化基本方面的肯定。胡同、四合院文化，是中產及下層市民的文化。倘若考察由居住環境體現的北京建築文化，是不能略過清代留下的那些顯赫宅第的。《舊京瑣記》記「京師屋制」即由大宅門說起：「戶必南向，廊必深，院必廣，正屋必有後窗，故深嚴而軒朗。大家入門即

24 〔美〕蘇珊・朗格：《情感與形式》中譯本第114頁，中國社會科學出版社，1986。

不露行，以廊多於屋也。夏日，窗以綠色冷布糊之，內施以卷窗，晝卷而夜垂，以通空氣。院廣以便搭棚，人家有喜慶事，賓客皆集於棚下。正房必有附室，曰套間，亦曰耳房，以為休息及儲藏之所。夏涼冬燠，四時皆宜者是矣」（第 40 頁）正是《少管家前傳》所寫的那類宅院，只不過豪華程度互異，「因時因地，皆有格局」而已。這種「屋制」才更充分地體現著高度發達的建築藝術對於生存合理性的注重，和實現於建築格局的極其完備的生活藝術。

「中下之戶曰四合房、三合房。貧窮編戶有所謂雜院者，一院之中，家占一室，萃而群居，……」(《舊京瑣記》)「四合房、三合房」是平民化的，是世俗生活秩序及其理想。京味小說中，除《少管家前傳》一篇關於顯赫府第近於鋪張奢華的描繪，寫得最多也寫得更為親切的，是四合院、三合院一類中下之戶的院落。這也是被目為最具北京風味的民居，以至「四合院」幾乎擁有了「北京文化」代稱的身份。劉心武的考察四合院所體現的倫理結構、文化結構，不能不說是北京文化考察中不可少的一項工程。《鐘鼓樓》的有關章節寫四合院，由院門而影壁而小偏院，而前院，而裏院與外院（即前院）間的垂花門，而裏院的「抄手遊廊」等等，敘說力求詳備；更由建制到功能到文化內涵，層層推究。比如院門：「這院門的位置體現出封建社會中的標準家庭（一般是三世同堂）對內的嚴謹和對外的封閉。」至於「四合院的所謂『合』，實際上是院內東西南三面的晚輩，都服從侍奉於北面的家長這樣一種含義。它的格局處處體現出一種特定的秩序，安適的情調，排外的意識與封閉性的靜態美」。

四合院是倫理秩序的建築形式化，其建制的形成，有功能性的，亦有倫理原則出發的考慮。四合院更是傳統文化「和合」境界的象徵體現，因而《四世同堂》寫祁家宅院的非標準化，不妨認為含有關於全篇內容（「四世同堂」式家庭的式微）的象喻。四合院的建築格局不消說合於傳統審美規範，只不過比之大宅門的掩映迂曲迴環層疊，是較低層次上的。正如其中住家是古城的基本居民，其所體現的，亦「基本美感」。

並不困難地，陳建功由四合院讀出了類似的含義：「據一位建築學家考證：天壇，是擬天的；悉尼歌劇院，是擬海的；『科威特』之塔，是擬月的；芝加哥西爾斯大樓，是擬山的。四合院兒呢？據說從佈局上模擬了人們牽兒攜女的家庭序列。……」(《轆轤把胡同 9 號》）四合院式的家庭組織形式和家庭生活秩序在傳統社會最具普遍性[25]正如凝結於建築形式的，嚴整刻板而又充滿人際依存與人情慰貼。其軒敞明淨處，與北京生活（包括北京方言）的明快豁朗合致。上文談到了京味小說作者善於借一胡同一院落置陣佈勢，他們意識到並利用了建築形制所體現的倫理意義。誰又能說胡同、四合院的被作為北京文化標誌，不也多少由於文學藝術的上述闡釋呢。

殷京生在《老槐樹下的小院兒》、劉心武在他的作品裏，則寫到了這種建築—生活形態的被破壞。這是由「文化革命」大規模地開始的文化破壞與重構過程的一部分。「『小廚房』在北京各類合居院落（即『雜院』，包括由大王府、舊官邸改成的多達幾進的大雜『院』，和由四合院構成的一般『雜院』）雨後春筍般地出現，大大改變了北京舊式院落的社會生態景觀。」這也應當是對於四合院作為文化運算式的意義闡釋的一部分。「變動」從來有助於對原有意義的發現或確認。不論意味著什麼和預示著什麼，北京建築文化的變異都不可逆轉，大批四合院、雜院的拆遷，和大片規格化樓群的拔地而起，是最刺眼的事實。居住方式、居住環境的改變，終將改變北京人的生活方

---

25 四合院固然以北京為形制最完備，卻非北京所獨有，它事實上也是北方城市民宅的普遍形式。由四合院格局體現的上述倫理秩序，更是典型鄉土中國的。

式，尤其人際關係、人際交往形式這胡同文化中最足自傲的部分。由四合院式的封閉，到公寓大樓裏單元房的封閉，體現著全然不同的文化。對於一個如北京這樣的古城，再沒有什麼比之這種居住條件的大規模調整，更足以強制性地改變其文化形態的了。這是生存的空間形式極大地影響著人的文化性格、城的文化面貌的例子。至於其間得失，也讓人如對商業文化變異那樣一下子說不清楚。

下面將談到北京的文化分裂與文化多元。有關北京文化分裂的最尖銳的描寫是由非京味小說作者提供的，他們卻也同京味小說作者一樣並未深涉最有可能掘及文化深層的那一方面，即胡同生態的變動，胡同、四合院文化的消失，公寓樓取代四合院這一注定要影響深遠、最終改鑄北京文化性格的重大事實。這也許才是最有北京特性的文化變動。寫這份生活，本應是京味小說的專利。未「深涉」，在京味小說，如前所說，出於文化眷戀；在其它作者，則因其被龐大、炫目的現象吸引住了。這也是近期城市小說的特點。最強烈、刺激的視覺印象掩沒了其它一切，新異可驚的形態掩沒了平凡微小的生活事件。要到一度被認為新異的失去其新異性，視覺興奮消失後感官恢復了對尋常世相的感應，那些雖細小卻將影響長遠的文化變異才有可能在人們的眼光下漸次顯現出來。

於四合院之外，劉進元的《沒有風浪的護城河》還寫到了北京城牆，其中的慨歎多少回應了瑞典人所著之《北京的城牆和城門》中的議論。小說寫到已不復存留的永定門：「……除去冬天，每到傍晚晌，成千成萬隻燕子和蝙蝠在城門樓四周的上空叫著，飛著，繞來繞去，襯著五彩斑斕的晚霞，給北京罩著一層神秘莊嚴的氣氛。在這種氛圍裏，你不得不承認，城門樓子本身就是一種燦爛的文化。」瑞典人奧斯伍爾德．喜仁龍由城牆上讀出的，則要複雜得多。

「縱觀北京城內規模巨大的建築，無一比得上內城城牆那樣雄偉壯觀。初看起來，它們也許不像宮殿、寺廟和店鋪牌樓那樣賞心悅目，當你漸漸熟悉這座大城市以後，就會覺得這些城牆是最動人心魄的古跡幅員廣闊，沉穩雄勁，有一種高屋建瓴、睥睨四鄰的氣派。它那分外古樸和綿延不絕的外觀，粗看可能使遊人感到單調、乏味，但仔細觀察後就會發現，這些城牆無論是在建築用材還是營造工藝方面，都富於變化，具有歷史文獻般的價值。……」(《北京的城牆和城門》第28頁）作者還在他這部寫於20年代的建築學著作中說：「如果對於北京城牆能夠予以適當審查，使其無聲的證據變成語言，它們無疑會比北京的任何記載道出更有趣、更準確的故事來。它們是一部土石作成的史書，內容一直在不斷更新和補充，直接或間接地反映自其誕生以來直到清末的北京興衰變遷史。……」(同書第30頁）不能不驚歎於作者文化—歷史感受的深邃。他以異國人的眼睛，甚至由北京城市建築中讀出了身在此中者未必能讀出的微妙意味。[26]

劉心武把四合院作為過去時代的文本，力圖從中讀解那個時代的經驗和這種經驗經由建築語言的表達方式，讀出四合院建造者的設計思想和生活意願：瑞典人將中國的城門城牆也作為歷史文本讀解，極力去詮釋那些灌注在磚石中的中國人的文化思想、他們的生存願望和這種願望的具體呈示，以至這建築語言的哲學語義。他們在面對北京城市建築時，都把發現凝結其中的歷史生活與文化心理作為目的。也像常常繞過大宅門，京味小說在如城門城牆這樣巨大的體量面前或許感到威壓，或者只是覺其太遠於世俗生活。但胡同文化只有置於這龐

---

26 同書42頁中還寫道：「深入探討中國的各種象徵意義是沒有必要的，因為其含義對於我們這些西方人似乎太含混、太曖昧了。不過應當記住，中國人設計任何一個建築物——無論是一座房屋、一座寺廟，還是整個城市，絕不僅僅從美學和實用角度出發，他們總是有含義更為深刻的目的；這些目的，天子的忠實臣民雖然從未忽略過，但也從來未能予以充分的解釋或領會。」

大背景上或其投影中，才足以充分呈現其凡俗性這卻又多少會是劉心武構思《鐘鼓樓》時的思路。

京味小說在發掘北京文化時，仍嫌囿於胡同世界，格局太小，難以有喜仁龍對於城門城牆那樣的北京文化發現。商洛山中的賈平凹說過：「……在整個民族振興之時振興民族文學，我是崇拜大漢之風而鄙視清末景泰藍一類的玩意兒的。」[27]我疑心人們對清代文化有太多偏見。清代又何嘗只有景泰藍！於宏偉堅厚的學術文化建築外，也有構造精美規模宏大的園林寺觀，可媲美於前此朝代的宮殿廟宇，充滿了民族與歷史中內蘊的力。

《立體交叉橋》、《封片連》等，還寫到近幾十年的居民樓建設。灰敗單調千篇一律也是一種文化。其粗糙笨重也罷，寒酸也罷，都是以磚石書寫的北京文化史。砌入了建築物的，往往也是文化史中難以修改重寫的部分。

無論城門樓還是普通民宅，北京建築總讓人無端地悵惘。是因其中的歷史太厚，含義太曲折，還是因其所暗示的讓人捉摸不定？

《封片連》寫到尾巴處，想站在高處看看北京。要看的首先還是尋常屋宇，因為那是人世間的最可親近的北京人的生活世界。

> 眼下，一個個的屋脊，大大、小小、高高、矮矮，豎的，橫的，有的是雙脊，有的一個大脊帶一個小脊，彷彿灰色的寧靜的浪。……

數十年前，當那個瑞典人由清晨的城牆上俯瞰時，連綿的屋宇恰恰也被想像為波浪。一個外國人，竟為自己的歷史想像和其中包含的

27 賈平凹：《〈臘月・正月〉後記》，北京十月文藝出版社，1984。

嚴重意味震撼了：「當晨霧籠罩著全市，全城就像一片寒冬季節的灰濛大海洋；那波濤起伏的節奏依然可辨，然而運動已經止息大海中了魔法。莫非這海也被那窒息中國古代文明生命力的寒魔所鎮懾？這大海能否在古樹吐綠綻豔的新的春天裏再次融化？生命還會不會帶著它的美和歡樂蘇醒過來？我們還能不能看到人類新生力量的波濤衝破那古老中國的殘敗城牆？抑或內在動力已經凝固，靈魂業已永遠凍結？」（《北京的城牆和城門》第 11-12 頁）

這些叩問今天聽來依然動人心魄。也許只能用新的城市建築及其體現的健康清新的文化來回答。那麼，我們能使幾十年後登臨俯瞰北京者看到、想到些什麼？

四　文化分裂與文化多元

由近代史揭開的，是一個空前矛盾的文化時代。時間性的（現代與傳統）與空間性的（西方文化與中國本土文化）諸種矛盾的彙集，多種文化形態的並存，更是過渡時期的特有景觀。屬於這景觀的，還有地域文化差異（如東南沿海文化與內地文化）和為近現代歷史進程急劇擴大著的城鄉差別與對立。上面的描述過於條理化了。實際生活中，則昨天今天與明天在在交錯，東方與西方處處重疊，你中有我，我中有你，無所謂「純粹形態」，亦看不出「絕對界限」。這才是中國現代知識分子所處的實際文化環境。李大釗曾表達對上述矛盾紛繁的歷史生活的感受，說道：「中國人今日的生活全是矛盾生活，中國今日的現象全是矛盾現象。」「矛盾生活，就是新舊不調和的生活，就是一個新的，一箇舊的，其間相去不知幾千萬里的東西，偏偏湊在一處，分立對抗的生活。」[28]

---

28 李大釗：《新的！舊的！》，載1918年5月15日《新青年》第4卷第5號。

呈現在新文學中的時代矛盾，是經了當時的意識的整理和強調的，主要即為傳統與現代，中國本土文化與西方文化的衝突，形態清晰而嚴整。「五四」時期文學因其時的歷史生活主題，更強調現代與傳統的衝突。「五四」之後，民族矛盾的激化，複雜化了作者們的生活印象。外資入侵造就了藍小山、丁約翰之類西崽式人物，以及祁瑞豐、冠招娣一流洋奴氣味的胡同子弟。[29]這是一種含義嚴重得多的文化分裂。老舍不惜用了刻薄的態度，寫留學回國數典忘祖的文人（《犧牲》、《東西》等）。這是他所意識到的文化分裂在他的世界圖景中的呈現。在這樣的世界圖景中，對於市民文化的批判態度自然而然地溫和化了。然而老舍畢竟以其敏銳，寫出了文化形態日趨繁複的現代北京，寫出了侵蝕著古老城市的異質文化，出現在胡同裏的陌生人種。

以現代作家的方式思考生活，發生在老舍作品世界中的，難免是一種「一分為二」式的簡單分裂：黑白李式的（《黑白李》）、二馬式的（《二馬》）、張大哥父子式的（《離婚》）：格局一目了然，是在理性的清水中濾過了的。有關的生活現象令作者悵惘，卻並未使之遭遇認識上的難題。簡單分裂式也進入了小說的結構，以「對比」作成老舍小說常見的結構樣態。

北京文化也許到了當代，才變得如此混沌、如此拒絕簡單的價值判斷和明確分類的？老舍無緣看到近幾年間如夢般的生活進程，或許倒是他的幸運。我怕他會在這新的文化現實面前茫茫然不知所措的。出於形式限制更出自與當年老舍相似的心態，新時期京味小說作者在過於劇烈的文化變異面前，顯得小心翼翼，穩健持重。似乎作者們不忍驚擾他們圖畫中人物的安寧，不忍以過於刺眼的對比，破壞了精心

---

29 以上人物分別見《老張的哲學》、《四世同堂》。

營造的作品世界的和諧。藝術上的節制未必意味著感覺能力的鈍化。這是不同層面的問題。風格的柔和也不注定會抵消生活發現的深刻與尖銳。《老槐樹下的小院兒》（殷京生）寫這胡同深處的變化，即著筆處極細微而所見很深。小說寫到「文化革命」所造成的文化破壞在事實上的無以修復：

「多少年關門的老字型大小又恢復了，多少年不見的風味小吃又露面了……一切值得北京人自豪的東西，彷彿在哪兒轉了個大圈兒，又回到了原來的位置。」卻也有再也不能「歸位」的。廚師高大爺，「對手藝，他想開了，不保守，不吝嗇。『死了還能帶進骨灰盒？』」但手藝也從此再不神聖。「誰給錢教誰。手藝在他心目中已不再佔有他的感情，已不再是一種引為自豪的、超凡脫俗的東西，手藝也是一種商品。……高大爺覺著自己終於大徹大悟。」

不能復原的，自然還有小院裏舊有的家際關係格局這胡同文化賴以保存的最可靠卻又最脆弱的部分。同住小院的林大夫不再清高。「他求高大爺在飯店弄了幾筒高級香煙，高大爺立馬兒托他幫著親家的兒媳婦的妹妹住院；煙到了手，病人也住進了醫院。成交。人嘛，本來就是一種相互利用的關係。林先生對此十分坦然。」

即使轉了一大圈又回到了原位的，又焉能無所變化？東西或者還叫那個東西，但味兒變了。較之自由市場的攤檔，讓老北京人覺著烏煙瘴氣的商業競爭，這普通人事中極瑣細的變化或許更足怵目驚心。價值意識的變化才足以最終改變北京人之為北京人。

諸多的「變」，在在刺激著老派市民的文化感情：由京戲、傳統風味小吃的「走味兒」，到發生於人心人性人際關係的上述變化。打眼下一點點流失著的，是那古城的靈魂。上面這位作者的態度似較其它有些京味小說作者為嚴峻。發生在骨子裏的上述變化，對耽於古城之美和京味小說風格之美的作者，不免太刺激；即使寫到，他們也總想設法「找補」。這使得有些青年作者的作品，像是因挑戰而用了絕大的勇氣。人們自然又會想到那個老題目：只有不顧及傳統形式和有關的美感要求，才有可能直面文化重組中的北京，寫出現實的全部尖銳性、嚴峻性，和粗糙、醜陋、非定型、不完整、變動不居遷流無定中包含的生機勃勃的力量。

文化分裂實現在人倫關係中，其主要表現仍然是「代溝」，是「父與子」。這不是套路，其背後有大片生活事實。寫北京人生活中的這一敏感方面，那些準京味小說、非純粹京味小說通常更其潑辣率直。《鬈毛》的主人公並非張天真（《離婚》）式的頭腦空洞的市民子弟，他對於父輩的批判無寧說是十分理性的。「他有他的活法兒。我有我的活法兒。」「……老爺子的那套活法兒就已經讓我給總結了。兩個字沒勁！」《滿城飛花》（林斤瀾）中父女同住的小院依舊，女兒那世界卻叫做父親的舌頭髮麻，一時品不出味兒來。應付這個日見勢利的社會，老爺子狼狽不堪，心力交瘁。「老了，當真老了」。小輩人卻隨意揮灑，如魚得水。父親滿心羞慚地求人，女兒卻堂堂正正地「自薦」，硬是拳腳並用，闖出條自己的路子來。

最敏感，也最令人不忍面對的，是與現代商業文化有關的那一切。現代商業文化對古老文化傳統的衝擊，是改革期中極具特徵性的現象之一，不但顯示出現實變動的深刻度，而且包含、預示著未來，引出和正在引出諸種複雜的精神后果。《鬈毛》寫北京人搶購彩票「撞大運」:「你在哪兒買的？紅橋吧？是亂！那罪過受大了！那幫小流氓真可氣，亂擠！你沒聽見員警拿著警棍罵？『你們他媽的這麼沒起色，一張彩票把你們折騰成這個德性！』」仍然是北京話，只是少用了委婉語詞，和那種客客氣氣的反詰句式，語言的粗野中有粗野的社會心理:「看這一張彩票鬧騰得他們這瘋魔勁兒，也太慘點兒啦。」

安時處順的北京人也會在有一天為了彩票而「瘋魔」！不管怎麼

說，「撞大運」的社會心理至少意味著：不認命，相信機會、「運氣」。這裏豈不就有觀念的變化？正因是在北京，禮義之邦的首善之區，見慣了遛彎兒，遛鳥兒，閒聊下棋安詳自足的北京人的北京，這種場面才格外地喜劇性，格外透著幽默。

這裏只待脫口而出的，是老北京人不忍說的那個「錢」。紅點頦兒的主人送鳥而謝絕了收受的「錢」(《紅點頦兒》)，公園門口的老人義務看車而不入私囊的「錢」(《畫框》)，最鄙俗最具侵蝕性的「錢」。《鬈毛》中人物高聲大嗓地說著的，正是這錢：「要的就是這個勁兒！」「圖個痛快！平常老是『瞧一瞧，看一看』，這三孫子還沒當夠啊？有錢了，就得拔個『頭份兒』！……」在主人公，錢關係到他的個人尊嚴，關係到他在老爺子眼裏的地位，他的社會形象和自我感覺這種寫錢的直率，寫人對於錢的需求的直率，也許更是正宗京味小說作者所不敢想像的。

寫現代商業文化對古老文明的侵蝕，寫北京人為了錢的「瘋魔」，寫那種足以讓古城因之而戰慄的商業投機和財產爭奪，以及有關的社會文化心理，尖刻潑辣也許無過於《封片連》的吧。「……在這塊地方，中國集郵協會會徽所繪製的一切全具備：郵票、放大鏡、鑷子和中國人。全齊。但這兒還多著一樣，並且，這一樣東西是會徽上絕對沒有的這裏的郵票交換是通過貨幣交換實現的。」「這兒是買賣，而這兒的買賣不靠吆喝。」

集郵活動的商業化，郵票的既是藏品又是商品，以至郵票的直接作為硬通貨進入流通領域，都不始自今天更不始自北京。但發生在郵票公司門外如此大規模而又帶有瘋狂性質的郵品交易，以及商業投機中必有的贗品製造和陰謀劫奪，卻足以令任何一個蟄居胡同的老北京人膽戰心驚。只是在這一種瘋狂氛圍中，那些善良天真保持其純正的文化趣味的集郵者，才顯得那樣脆弱，毫無防衛能力。這是對於所處世界失去了現實感、反應能力和起碼知覺的文化純潔性，令人看得可憫。

以這類圖畫作為襯景，你才更能領略正宗京味小說中人物生存境界以及小說美學境界的純淨優雅，也更感受到那種風格的脆薄。但這無關於「真實」與否那種判斷。即使由上述作品你也可以看到，從事郵票交易與郵品爭奪的，與馬路邊看板下悠悠然說古道今的，都是北京人；蟄居樓上不通世故的，與精於商業陰謀兇險邪惡的，也都是北京人。如此，才足以合成因變革而前所未有地雜色紛呈的世界。

同樣陌生新鮮充滿著刺激的，還有青年知識分子的世界。北京聚集著性情馴順平和的舊式市民，也聚集著中國最活躍最能折騰的青年。北京歷史上，青年學生曾一次次吶喊呼號，從市民們困惑鈍重的眼光下走過，宣告一個屬於他們的北京。

> 偉大的北京城，偉大的中國年輕人，其偉大的原因就在於他們也渴望一場糊塗亂抹。他們討厭公允和平庸，討厭解釋的天才。管他媽的塗抹什麼，只要是用血肉，用口哨，用惡作劇，用狂吼來塗抹一頓就成。……北京真是座奇異的城。它不會永遠忍受庸俗，它常常在不覺之間就掀起一股熱情的風，養育出一群活潑的兒女。北京還是一個港口，一個通向草原和沙漠的港口。（張承志：《GRAFFITI 糊塗亂抹》）

北京是個闊大的城。現代北京永遠叫人驚奇。有著不同經驗的人們，由這裏可以聽到來自遙遠過去的以及同樣遙遠的未來的聲音，遙遠草原、沙漠以及同樣遙遠的最現代化都會的聲音只要你能辨識那些聲音並肯細心地傾聽。

承認多元，承認生活世界中的文化切割，不同作者依據他們各自的經驗，盡可寫他們各自的北京。總體開放中的局部封閉以至隔絕，文化圈層的內部同一、自足，也屬於變革時代的文化現實。因而才能有京味小說作者筆下的「老人島」在壇牆根兒，在小公園裏，在街道辦事處文化站，甚至就在車水馬龍的鬧市街頭。即使以《封片連》的蕪雜喧囂，也仍然讓你觸摸到了「古老的北京」屬於老集郵家的那個閒暇、雍容大度又大而無當的北京，屬於看板下老人世界的親切平易莊重大氣的北京。或許正因了分裂、多元，更讓人覺出胡同深處文化傳統自我保存的力量的吧：那頑強地收緊著的，在寧靜平和中悄然運用著的力。這也是京味小說所面對的大世界中實實在在地存在著的小世界。

五　生活的藝術

說「北京文化」，上述「家族文化」、「商業文化」、「建築文化」等等自是大端。但你也已看到，對於「大端」，京味小說所提供的，是一些較為淺近的說明。京味小說展示北京文化，所長必不止在這上頭。所謂「文化」，即人類各種外顯或內隱的行為模式及其符號化。文化熱的熱點向在哲學，素所冷落的是更為基本的人的生存形態及其演化。「文化」在人們習焉不察的衣食住行中，在最不經意的「灑掃應對」、「日常起居」之間尤其注重人倫日用的中國。北京文化的凡俗性質，或許能啟示一種文化探索的眼光的吧，京味小說的北京文化發掘，正體現了這種眼光。因而當我們由那些大題目轉向諸如北京人「生活的藝術」、北京人的「方言文化」這些更為平易俗常的方面，我們突然發現了京味小說易於被忽略的那一部分文化蘊涵。這些也屬於使京味小說獲得獨特性的東西。

即使簡單的梳理也不難使你發現，當代京味小說往往取材於閒暇中的北京人，或曰北京人生活中的閒逸場合：遛彎兒的北京人，會鳥兒的北京人，泡茶館、小酒館的北京人，票戲的北京人，下棋的北京人，神吹海哨（或用了時新的說法「侃大山」）的北京人，等等。當代作者似乎愛寫也善寫「閒情」，這一點上即不同於老舍。老舍所寫雖然也常常是日常生活情景中的北京人，對於情境的選擇卻沒有上述的嚴格和明確。對於北京人生活的各種場合，他幾乎無所不寫。這種不同，可以解釋為兩代作者的不同功力，也可以解釋為不同意圖、心態，即上文已經提到過的，老舍對於北京文化的批判傾向，和當代作家的展列以至把玩、鑒賞態度。說白了，當代作家較之老舍，更珍愛的是「風格」而不盡是「思想」。老舍的一支筆極能傳達北京人的生活情趣，卻又只是在當代京味小說這裏，情趣才成為值得抽出細細地咂摸品味的東西，獨立的被認為有特殊價值的審美對象。這不消說是當下文化熱所鼓勵的一種態度。作為創作心理背景的，則有大動亂後哲學人生觀的微妙變化。

雖然不能說閒暇的北京人更是北京人，北京文化的造成卻的確更賴有閒暇以至逸樂。即使北京話的漂亮，又何嘗不是有清以來京都文化空氣的特殊產物呢！有趣的是，北京人的某些消閒方式已被作為一種文化姿態，一種特定的文化運算式了。提籠架鳥絕非北京人的專利，卻總像是由北京人來提，來架，才恰合身份似的。

寫閒暇情境，便於尋找北京人有別於他地他鄉人的特殊情態、人生態度、風度氣派、行為以至生活的藝術，尋找為一種文化形態所特有的顏色；同時尋找京味小說的風格可能性，更充分的北京方言的功能發揮。當然，這「尋找」也為了便於傳達作者本人的人生理解、影響新時期文學的文化哲學。文學選擇受制於形式條件，有此制約才有特殊的價值創造。當代京味小說作者想必比老舍更明瞭其中道理，因而不惜自設籬牆。風格意識的強化是一種進步。有關的一系列作品讓你看到，為老北京人傳神寫照，確也在阿堵之間。

注重文化，鋪寫世態，以北京為對象的其它作品亦然，而寫此種情境此種神態，此種情態中的文化歷史與文化心理涵蘊，則為京味小說諸家專擅。寫閒情，題旨未必就小，更無須解釋的是，寫消閒未必為了消閒。平心而論，有些作品的旨趣還太顯著「嚴重」，以至令人有強拽出主題、抻長意義之感。更何況當代諸家間互有區別呢。因而上述選擇非即注定了要淡化意義。寫閒暇情境能否入深，能否及於深層文化，要看各家的思想力，藝術功力，「風格」並不一切負責的。且不說「深度」，作為風格，當代京味小說的確憑藉了自設的限制，使得北京方言的功能得到進一步開掘，作品諸形式構件得以精細地鍛造。由這一點說，「閒逸」未始不可以認為是當代京味小說作者為求風格的優雅而特選的情境。

世俗生活的審美化

《詩經》不曾如印度的《梨俱吠陀》一樣成為宗教聖典。雖然儒家之徒、迂腐文士強加給它有關風教的題旨，千載之下讀來，它們仍是生活的詩，沒有因歲月而磨損掉其所由產生的生動情趣。在中國，有時也只有這種生活情趣，才是對抗「風教」的真正力量。它屬於現世，充滿種種欲望的活生生的人，其中有道德律令不能拘限的生命創造，證明了人雖在重壓下其生機亦未死滅。

同屬東方文化，日本的生活藝術追求幽寂境界，以茶道、花道、書道等為典型體現。其中有禪味。日本著名俳人松尾芭蕉論俳句，以為冷寂是美的最高境地。高山辰雄、加山又造的畫，川端康成的小說，都善能創造上述境界，極清雅冷寂之致。用了中國人的眼光看去，即少了世俗人間氣息。日本特有的審美概念「物之哀」，據說「表述著一種對自然、人生的深深眷戀和淡淡傷感的意境」。中國古典詩文即使傳達類似意境也終沒有形成特殊的美學範疇。

北京人的生活藝術最為京味小說注重的，是其世俗品味。較之同時代別的作者，更尊重市井里巷生活的凡庸性質，更能與凡庸小民的人生態度、價值感情認同。閒暇中的北京，並非即是屬於雅人的。小公園、小酒館，也從來不是京城雅人高士的聚集之所。京城中有雅人的閒逸，也有市井小民的閒逸，其間有層級，又有溝通。京味小說作者如前所說，大多並不熟悉那個奢華的上層世界，胡同裏的普通人、庸常之輩，中產及下層市民，更是他們的經驗世界。他們寫來最自然有味的，也是這種層次上的物質文化的飲食起居的北京人。

中國的文化傳統注重人倫日用。中國知識分子若非受了理學禁欲主義的訓練，自有一種人生理解的通脫，行為的灑脫，且能欣賞這通脫與灑脫，以之為「名士風流」。這也是一種精神傳統。因而古代哲人有「食色性也」的明達見識，不諱言「飲食男女」(「飲食男女，人之大欲存焉」)，尤其「飲食」。郁達夫以「飲食男女在福州」為文章題目，亦出於以俗為雅的灑脫。

北京的文化魅力，固然在崇樓傑閣，在無窮豐富的歷史文物，卻也在普通人極俗常的人生享用。這裏或有更親切更人生化的北京文化。梁實秋遺作《丁香季節故園夢》所夢到的，是這樣的家鄉：「我生在一個四合院裏，喝的是水窩子裏打出來的甜水，吃的是抻條面煮餑餑，睡的是鋪席鋪氈子的炕，坐的是騾子套的轎車和人拉的東洋車，穿的是竹布褂、大棉襖、布鞋布襪子，逛的是隆福寺、東安市場、廠甸，遊的是公園、太廟、玉泉山。」[30]這「故園夢」全由尋常衣食服用構成，其中也就有北京的閒逸情調。林語堂《京華煙雲》上卷第十二章，用了洋洋灑灑的大篇筆墨，極寫北京生活之美，也在寫

---

30 載臺灣1987年11月4日《聯合報》。

到「家居生活的舒適」時最見深情。《京華煙雲》成書在海外，其間散發出國粹氣味，那些十足誇炫的形容，表達最真切的還是鄉情吧。

在世界性大都會中，或許只有巴黎，文化的悠久與世俗化，可與北京相比。北京最令人經久難忘的，正有「吃」飲食文化。這也是老北京人文化優越感的一份實實在在的根據。清代有人作「俳諧體」詠都門食物，把一時名肴佳釀、菜蔬果品、各色小吃羅列無遺。經學大師俞曲園在他鄉作《憶京都詞》[31]，中曰：

> 憶京都，茶點最相宜。兩面茯苓攤作片，一團蘿蔔切成絲。不似此間惡作劇，滿口糖霜嚼復嚼。
>
> 憶京都，小食更精工。盤內切糕甜又軟，油中灼果脆而鬆。不似此間吃胡餅，零落殘牙殊怕硬。

此中亦大有「京粹」氣味。

「吃」竟是如此有魔力的文化，以至梁實秋晚年還在為別人未能吃到「故都小食」而「悵然若失」。「我問：『吃到糖葫蘆麼？』答案是搖搖頭。『吃到醬肘子夾燒餅麼？』答案又是搖搖頭，曰：『不知此味久矣！』沒有糖葫蘆醬肘子夾燒餅可吃，北平人豈不枉為北平人？」（《丁香季節故園夢》）[32]

這裏確有不以「吃」為粗鄙嗜欲的中國知識者的通脫。魯迅曾說過這種意思：人生是要有餘裕的。戰士也吃飯，也性交，並非一味戰鬥。他還嘲笑過吃西瓜不忘「抗敵」的那種矯情。出自與普通民眾相通的生活感情，京味小說作者不曾放過「吃」這種最足表現北京人生

31 《北京風俗雜詠》，北京古籍出版社，1982。

32 劉半農雜文《北舊》在諷刺的意義上提到「北平本是個酒食徵逐之地，故飯莊之發達，由來已久」。《北舊》收入《半農雜文二集》，見前注。

活情趣的場合。張大哥說：「我就是吃一口，沒別的毛病。」「男子吃口得味的，女人穿件好衣裳」(《離婚》)。旗人貴族出身的金竹軒「有個祖傳的缺點，愛花零錢」，無非為吃兩口（鄧友梅：《雙貓圖》)。《轆轤把胡同9號》中的旗人老太太雖在浩劫中飽受驚嚇，仍不能忘「北京人的講究：夏天，吃燒羊肉；冬天，吃涮羊肉；正月初二，吃春餅；臘月二十三，吃糖瓜兒……甭管怎樣，決不能虧了口」。種種食物，並不取其貴重。麻豆腐就「不值倆錢兒」，因而才更是俗人的一點嗜欲。

《鐘鼓樓》的作者切實地調查了一番北京城新舊飯館的今昔變遷，以此作為關於北京的一種知識。李陀筆下蒙昧顢頇的七奶奶(《七奶奶》)殘留的人生記憶中，老北京的餛飩、芸豆餅的滋味是依然生動的。味覺記憶似乎比之其它記憶在個人更經久，更耐得時間的磨損。鄉情往往即係在這些尋常的感官印象上。《四世同堂》第一部第十四章開篇寫「北平之秋」的諸種應時果品，筆觸愈細密，狀物愈生動，愈見出鄉愁的深。這才是以其全部感性生動性在記憶中復活的北平。這類筆墨中，有最親切的「文化認同」。[33]

於梨華以類似方式，表達文化認同一種特殊親切、實在的認同感。在美國的傅如曼想到回家，「家」對於她不只意味著她那間「窗子朝南的小房間」，而且意味著路攤上的燒餅油條，中和鄉「熱騰騰的豆腐腦」(《傅家的兒女們》)。《又見棕櫚又見棕櫚》多處寫到留美歸來的主人公在臺北各處搜尋小吃。「光是為了這點吃，也該留下

33 汪曾祺談阿城的《棋王》，說「文學作品描寫吃的很少（弗琴尼爾沃爾夫曾提出過為什麼小說裏寫宴會，很少描寫那些食物的）。大概古今中外的作家都有點清高，認為吃是很俗的事。其實吃是人生第一需要。阿城是一個認識吃的意義、並且把吃當作小說的重要情節的作家。」(《人之所以為人——讀〈棋王〉筆記》，收入《晚翠文談》，浙江文藝出版社1988年版)

來。」文化懷鄉的基礎固在所食的味，更在味中的情感以至觀念累積。[34]

「文化熱」使人們發現了荊楚巫卜文化的流風餘韻，發現了吳越文化的浪漫空靈，發現了東北邊地山林文化的雄放獷悍。備受青睞的是民間性文化，「飲食男女」中的「男女」。這天然是詩，又合於文學慣例。京味小說也發現了民間文化，卻因少了兩性間的浪漫而顯得鄙俗。廚房永遠比之兩性野合的草地俗氣這卻又是典型文明人的偏見。在真正的原始人類那裏，飲食男女是不會被區分等次高下的。《駱駝祥子》有幾處寫祥子在吃中體驗生命，樸素而深切。「……熱湯象股線似的一直通到腹部，打了兩個響嗝。他知道自己又有了命。」「吃了一口，豆腐把身裏燙開一條路；……半閉著眼，把碗遞出去：『再來一碗！』」「站起來，他覺出他又像個人了。」那時還未見有另一位作者，對人的類似經驗體察到如此細緻入微的，以至人們半個世紀後讀《棋王》的有關描寫時感到新奇。這生命感不惟不浪漫，也不莊嚴。惟其不莊嚴，才見得樸素，樸素如生命的原色。

朱光潛《談美書簡》說「藝術和美也最先見於食色。漢文『美』字就起於羊羹的味道」。[35]據說對這種說法有異議。此種學術是非自有專家澄清；在我看來，倒是上述詮釋本身更有意味。

京味小說肯定人生，當然不限於寫北京人的食欲。中國的藝術，中國式的人生，注重小情趣。因而有國畫題材的小雞、蝦、白菜蘿蔔。即使畫崚嶒巨岩，也不忘以一小花一小蟲，點染出人間氣息。宗

---

34 蕭乾說：「回想我漂流在外的那些年月，北京最使我懷念的是什麼？想喝豆汁兒，吃扒糕；還有驢打滾兒，從大鼓肚銅壺衝出的茶湯和煙薰火燎的炸灌腸。這些，都是坐在露天攤子上吃的，不是在隆福寺就是在東嶽廟。」(《北京城雜憶・遊樂街》第44頁）

35 《談美書簡》第25頁，上海文藝出版社，1980。

白華關於國畫靜物有極富啟發性的見解。人生本瑣細。宏大完整的，是人生的抽象，濃縮，詩化。實際人生總是片段，破碎，充滿著瑣屑事物。中國藝術以小情趣寄寓樸素溫暖的生活感情，出於對生命的珍重以掌捧水，一點一滴都不想讓它漏掉的那種珍重。中國的傳統工藝品，其小巧者自不便與古希臘雕塑、漢代石刻比氣魄，作為藝術，它們卻可以是等價的。當然，歷史生活中也有不暇顧及小情趣的時候。魯迅 30 年代有對於被雅人們當作「小擺設」摩挲把玩、「將粗獷的人心，磨得漸漸的平滑」的小品文的批評。[36]那也是時代現象。

《離婚》寫張大哥的「趣味」，從「羊肉火鍋，打鹵麵，年糕，皮袍，風鏡，放爆竹」，到木瓜、水仙、留聲機：「『趣味』是比『必要』更文明的。」作為生活情趣，本不回答必要與否的問題。在普通人，也要有羊肉火鍋與水仙，使生活減卻幾分枯索。老舍以譏誚神情談張大哥的生活藝術，亦出於那一代知識分子人生及人生理解的嚴肅與沉重，雖然老舍在其它場合也難免自己陶醉於所寫小小情趣裏。只是到當代作家筆下，這種情趣才又成為堂而皇之的東西，像是羊肉鍋子作成了大酒筵上的主菜。

《朱子語類》卷十三：「問：『飲食之間，孰為天理，孰為人欲？』曰『飲食者，天理也；要求美味，人欲也。』」倘若由此引向「存天理滅人欲」，就是某個理學家的思維邏輯，並不能為小民認可。北京市民不僅以飲食維繫生存，而且追求美味；所追求的又不止於味，還有鑒賞「味」之為「美」的那一種修養、能力。食物在有教養的北京市民，有時是類似他們手中的鳥籠子那樣精緻的玩藝兒，其趣味決不只在吃本身，「味」更常在「吃」外。「吃」在這種文化中，就不止於生理滿足，不出於簡單粗鄙的嗜欲，而體現著審美的人生態

36 《小品文的危機》，《魯迅全集》第4卷第575頁。

度，是藝術化的生活的一部分。京菜在中國現有諸大菜系中地位並不顯赫，為北京人所樂道的，又是不登大雅的零食小吃。這裏真正特異的，無寧說是知味的北京人，和他們的「飲食文化趣味」。

「人莫不飲食也，鮮能知味也。」(《中庸》) 典型的北京人是知味者。吃是生物性行為；如北京人那樣對待味，則是文化，出於教養。人人都在生活；不但生活著，而且在生活中咀嚼、品味這生活的，或是更有自覺意識的人。你看，京味小說所寫，境界無不尋常。壇牆根兒，槐樹小院，尋常皆是。不尋常的只是人物對那境界的感受。同處一境，知其為樂的固然與渾然不知者不同；知其為樂又能出之以品味、鑒賞態度的，自然又不同。「美的客體在這裏可以說只是產生愉快的機會；愉快的原因存在於我自身，存在於想像力和理解力的和諧之中，也就是說，存在於遇到每一客體時都要發揮作用的這兩種功能的和諧之中。」[37]由較之飲食更尋常平淡的情境中體味到美，要的是更為精細的審美素養。「口之於味，有同嗜焉。」能在壇牆根兒、槐樹小院得到審美滿足的，必是更有「文化」的人吧。

老舍《正紅旗下》寫北京的冬。

> 西北風不大，可很尖銳，一會兒就把大姐的鼻尖、耳唇都吹紅。她不由地說出來：「喝！乾冷！」這種北京特有的乾冷，往往冷得使人痛快。即使大姐心中有不少的牢騷，她也不能不痛快地這麼說出來。說罷，她加緊了腳步。身上開始發熱，可是她反倒打了個冷戰，由心裏到四肢都那麼顫動了一下，很舒服，象吞下一小塊冰那麼舒服。……

---

37 米蓋爾・杜夫海納：《美學與哲學》，中譯本第14頁。

情形常常是，北京人以其教養，把自己的內在境界客體化、對象化了。這幾乎可以看做一種藝術本能。能由北京冬季的苦寒（往往還有漫天塵沙）中品味到美的，北京風物還有什麼不能令他們快意！寫出這種快意的，自然又是審美感覺特殊細膩的北京人。

享受生活，且有「享受感」，有享受的自覺意識，已近於審美態度。不止於品味，而且品味自己的品味，陶然於美味的同時，陶然於自己的審美行為不妨認為是雙重的滿足，其中或許更有近於純粹的審美態度。他們未能忘情無我，卻也因此更是中國人，中國人與對象的審美關係。功利又非功利，入而能出，陶醉卻不泥醉：這裏不正有傳統中國人的情態？

審美修養較之其它，或許是文化水準的更敏感的指示器。當然，也必須說，帝輦之下，京畿之地，生活一向較別處豐裕，雖然其間亦有差等。「倉廩實則知禮節，衣食足則知榮辱。」（《管子》）生活的美化、藝術化，是先有可供藝術化的生活才能談及的。

「審美的人生態度」不能不是很泛的說法。同是歸隱田園山林，王維與陶淵明人生境界不同，詩境亦不同。對於東方式的「美的人生」，周作人本最知味，但一經了他的文字，那人生即染上了太濃重的士大夫色彩。「喝茶當於瓦屋紙窗之下，清泉綠茶，用素雅的陶瓷茶具，同二三人共飲，得半日之閒，可抵十年的塵夢。喝茶之後，再去繼續修各人的勝業，無論為名為利，都無不可，但偶然的片刻優遊乃正亦斷不可少。」[38]「一口一口的啜，這的確是中國僅存的飲酒的藝術：乾杯者不能知酒味，泥醉者不能知微醺之味。中國人對於飲食還知道一點享用之術，但是一般的生活之藝術卻早已失傳了。」[39]

---

38 《喝茶》、《生活之藝術》，均收入《雨天的書》，語見該書第73頁。

39 同上，語見該書第135頁。

尉天驄序陳映真著作，譏林語堂著《生活的藝術》引《茶疏》意見的貴族氣。[40]北京街頭的茶館文化與《茶疏》之類不相干，大碗茶更是十足的「平民文化」。只不過茶而大碗，與「藝術」就隔得遠了。普通北京人對所享用的固不能如周作人似的挑剔，他們的審美情緒也不至纖細到須有諸多條件才足以維持；當然，他們也不能把所體驗的與所以體驗的，表達到如上引文字那般明晰。他們並不須享用到如周作人所說那類「茶食」，才以為可樂。一碟豆腐乾二兩燒刀子（或如陳建功所寫兩毛錢開花蠶豆、二兩「老白乾」）是一樂，提一隻不貴重的紅子（鳥名）或小黃鳥，也是個樂子。他們甚至能由說話（他們稱作「練嘴」）中尋出樂趣來。亦遊戲亦認真，亦世俗亦風雅，既實用又藝術，介在功利與非功利之間懂得這「亦」，這「之間」，才懂得北京人。這裏埋藏著「毋固毋必」一類中國式的行為藝術與生存之道。你可以對這「道」表示不屑，卻也不妨認為上述審美的人生態度中，有中國人生存的艱難，和他們於生存的諸種限制間為自己覓得的一點「自由感」。

享用生活，本身並無關乎道德的善惡。在一種對於人性、人的需求的基於情理的較寬闊的理解中，生活會為自己找到更多的權利，無聊混世者自然也會為自己尋出些辯解。上述生活的藝術在實際人生中的意義，畢竟是因人、因時、因地而不同的。老舍極敏感於其間的區分正是道德區分。他注重人物身上「北平人」的文化印記，寫出了文化姿態看似相像而品類極為不同的各色北京人。他無法像當代作家這樣超然。他對於人物的文化評價，在寫《離婚》、《四世同堂》的三四十年代，反映著知識界中優秀者的價值取向。至於有關尺度被極端地使用，則是以後的事。

---

40 見尉天驄序許南村（陳映真）著《知識人的偏執》，臺北遠行出版社1976年出版。

中國現代史上，政治風雲與時代痛苦，都使人生沉重；到近幾十年，人生更其粗放化，以至小情趣在一種眼光下，竟像是對革命的腐蝕、破壞，一時「小擺設」類的文化被統統革去。卻又因此，令人不禁驚訝於一些胡同居民的平靜的執著；雖然沉溺於小情趣，也透出對現實政治的淡漠。人生藝術化，市民人物或許只得其粗，遠未臻精微，其世俗性格也有妨於入精微，這「藝術」仍令人感到親切，是枯寂生活中的甘泉與豐草，實際地潤澤了無數人的人生的。

因寬緩通達的人生理解，在有可能訴諸道德評價的地方，北京人會由審美的方面不止原宥，而且欣賞，從而將評價溫和化了。這通常也是幽默出現的時候。京味小說作者的態度亦近於此，比如《正紅旗下》寫大姐公公、大姐夫的那些充滿諧趣的文字。對於生活的由審美方面的理解，化解了道德眼光的武斷性，使批評溫婉。這也是你由作品中實際讀出的情感內容。情感判斷溢出了理性判斷。

有限享受與精神的滿足

上文已經說到普通北京人的找樂所欲不奢，所費不靡。不但講「迎時當令」，也講因陋就簡。他們的滿足並不必建立在龐大堅實的物質基礎上。

《紅點頦兒》開篇就醒神：

> 壇牆根兒，可真是個好去處。

外地人或許對此有神秘感，其實這「壇牆根兒」，北京地壇圍牆邊是也。北京以外的城市即使並無地壇，也一定會有什麼公園之類的「牆根兒」的。小說所寫北京人打這「壇牆根兒」尋出的種種樂趣都極尋常：「如若一大清早兒，遛到這壇牆子西北角兒裏頭來，就更有意思了。春秋兒甭提啦，就這夏景天兒，柏樹蔭兒，濃得爽人，即使渾身是汗，一到這兒，也立時落下個七八成兒去。冬景天兒呢，又背風兒，又朝陽兒，打拳、站樁，都不一定非戴手套兒不可。……」就這！「壇牆根兒」。你看清楚了，這「去處」的好並不因地兒有什麼特別，只因北京遛早的人們從平平常常中咂出了別人咂不出的味兒。

《老槐樹下的小院兒》說小院的好處：「最好的是：方磚漫地的院心，有一棵枝繁葉茂的老槐樹。……在蔭涼地喝個茶、下個棋啥的，不論茶葉好壞，也不管輸棋贏棋，只要往這兒一坐，就是一個樂兒。」比之壇牆根兒更是平常，哪裏只是北京人才有福氣享用！

陳建功「談天說地」之四的《找樂》，從北京人的「找樂子」說起，帶有一點綜合、總結的味道：「『找樂子』，是北京的俗話，也是北京人的『雅好』。北京人愛找樂子，善找樂子。這『樂子』也實在好找得很。養只靛頦兒是個『樂子』。放放風箏是個『樂子』。一碗酒加一頭蒜也是個『樂子』。即使講到死吧，他們不說『死』，喜歡說：『去聽蛐蛐叫去啦』，好像還能找出點兒樂兒來呢。」舊天橋「八大怪」之一的「大兵黃」，「戳在天橋開『罵』和聽『罵』，是為一『樂兒』。」嗜好京戲的北京人，「唱這一『嗓子』和聽這一『嗓子』，也是一個『樂子』。」粗人們圍在大酒缸缸沿兒上神吹海哨，又是一「樂兒」。在另一篇小說裏，陳建功還寫到摩托車交易市場上以看和說為樂的，儘管是一種苦澀的「樂子」。「看的是一種活法兒！爺們兒的活法兒！」

在極其有限（以至於簡陋）的物質條件下，尋求一種只不過精神上的滿足，[41]也許是「匱乏經濟」下的特有文化，在這一點上又非為

41 「追求精神滿足」亦是一種標準。《四世同堂》中的冠家，極會享用生活，在這一點上，是最標準的北京人，但北京人還有德行上的要求。雖有得樣的服裝和「幾句二黃「，「八圈麻將」，也照樣會為人不齒。冠曉荷的生活中小零碎極多，裝潢得極

北京人特有。其淵源有自：「飯蔬食飲水，曲肱而枕之，樂亦在其中矣」(《論語・述而》)。這種生活的藝術，本身就含有悲劇意味。「有限」因於「匱乏」；「樂子」之要找，則由於少餘裕；精心營造生活的藝術也因生活的枯瘠。樂天、達觀中可以隱隱看出的，是普通中國人生存的艱難和生存的頑強。發達國家的文明人或許會視此為貧窮中的自我解嘲，我們自己卻不能不認為這裏有作為「匱乏」的補償的極細膩的審美情趣。「莫春者，春服既成，冠者五六人，童子六七人，浴乎沂，風乎舞雩，詠而歸」(《論語・先進》)。胡同居民不必這樣風雅，但在尋求精神滿足以至美感陶醉上，卻也與上述境界相去不遠。這是傳統中國文化培養的審美態度與能力，其間快感，也要中國人才能享用。「飯蔬食飲水」，樂自然不在所「飯」，而在雖「飯」此仍能「曲肱而枕」的悠然心境。享用的是自然，也是自己的審美態度。這也是中國古典詩文中的常見境界，與追求感官愉悅講求實際的西方人欲求不同。這又決非「畫餅充饑」式的滿足。此種審美活動中有高度發展了的文化，高度發展了的人的精神能力，有人對於生活對於人生的美的創造。

鄧友梅寫經濟拮据的落魄旗人貴族金竹軒：「下班後關上門臨兩張宋徽宗的瘦金體，應愛國衛生委員會之約，給辦公樓的廁所裏寫幾張講衛生的標語，然後配上工筆花鳥。到星期天，早上到攤上來一碗老豆腐下二兩酒，隨後到琉璃廠幾個碑帖古玩鋪連看帶聊就是大半天。那時候站在案子前邊看碑帖拓本，店員是不趕你走的。」極實際而又精神性的享樂。不耽於空想，將「享樂」落到實處，也是普通市民與迂夫子的一點不同。誰又說這裏沒有普通人在物質條件制約中的生活設計以至「創造」？

精緻，也看似悠閒，但他的那種「風雅」全是裝飾，像衣褲鞋襪，無關乎「精神」，因而也不為正派市民看重。

然而也不必諱言，這不是童年期或青春期血氣健旺的民族（如古代希臘人）的生存趣味，它屬於一個充分成熟（以至於過熟）的文化。它也大不同於現代西方消費文化，沒有後者中灌注的強盛的生活欲。它的過分精巧、雅致，它的嚴格適度，它的絕不奢華等等，都昭示著這種文化的形成條件。這應當說是距古希臘「酒神精神」最遠的生活藝術、審美趣味，其中浸透了東方哲學，隱現著我們民族在人類史上最為長久的專制統治下鑄就的文化性格。它以「知足」與「適度」為特徵。在物質需求與精神需求之間，往往小心翼翼地把重心放在後面，以後者的滿足緩衝了前者的貧乏所引起的痛苦，更以哲學文化、文學藝術的積久力量，使有意識的努力化為習慣、心理定勢，造成和諧、均衡、寧靜自得的內在境界。因而「酒神精神」中包含的那種褻瀆（對於既成的倫理秩序、規範），那種破壞（對於常規狀態），與這境界無緣。

有限物質憑藉下的有限滿足，以承認現實條件對於人的制約為前提的快感尋求與獲得，在這裏都更是個體的心靈狀態，不像酒神歡愉那樣表現為公眾的狂熱，從而為公眾所共用。這是審慎的滿足，不干犯道德律和其它戒律，甚至無關乎他人的自我內心的滿足。在這種審美活動、審美的人生創造中，中國人也為他們個性的被壓抑、個體需求的被漠視，找到了有限的補償。

限度感（未必都出於物質制約如上流社會）也繫於中國人所理解的「合理性」。不過度，不逾分，不放佚。那種節制的、注重精神的享樂，也可謂之「合理的享樂」。[42]在中國人，節制有時即一種美。老

42 是不失理性自覺的快感，且快感的獲得主要取決於領略快感的心理能力。北京人講究吃，卻決不饕餮。在飲食文化發達的拉丁民族，吃是為了充分地享受現世幸福人生歡悅，聯繫於拉丁民族熱情外傾的民族性格。有教養的北京人對於精神性的追求，則有效地節制了單純的享樂傾向，使「物欲」部分地轉化為審美追求。

舍在《正紅旗下》裏寫福海二哥，強調的即是人物的善能節制（甚至對身體動作的控制）。限制是外在的，這節制則是內在的：道德修養、人生訓練，使客觀制約主觀化、道德化了。「安樂居喝酒的都很有節制，很少有人喝過量的，也喝得很斯文，沒有喝了酒胡咧咧的」（汪曾祺：《安樂居》）。自然也就沒有狂歡，沒有縱慾中的興會淋漓。他們不在乎酒的等次，酒菜的規格。對於那一點酒與菜，品得很細，一點一滴都咂了進去。老呂「三兩酒從十點半一直喝到十二點差一刻」。就這種環境，這種喝法，有味。有味即可，無需他求。作者更是把這小酒店風味細細地咂摸過了，一點一滴都沒有放過。令老北京人留戀的小酒館、小茶館情調就是這樣清淡與悠然。限制與節制，造成內外和諧的境界，倫理規範由是人格化、日常生活化了。因而才更是一種深層文化，有深而堅牢的根柢。

「鷦鷯巢於深林，不過一枝；偃鼠飲河，不過滿腹」（《莊子．逍遙遊》）。物質條件的有限性一旦被理解為物質需求的有限性，自然就有了小農社會普遍的自足心態。這一社會中處於較高文化層次的人們，則把對「無限」的追求順理成章地轉向人生境界方面。以莊子的達觀自足，而渴望作「逍遙遊」，是最完美的例子。北京人的精神追求雖不企求哲人式的高遠，但那多少也可以看作對現實人生的超越，對生存的具體物質性的超越的吧。

中國近現代史上，發生過對於上述以節制、自足為特徵的文化的聲勢浩大的反叛。在老舍開筆創作之先，《女神》（郭沫若）之屬以其醉意淋漓的酒神氣息，由文學的方面引入了異質文化的衝擊，使當時的激進知識者有解放感。對舊文化的破壞，不免以取消「節制」達到自己的目的，即使這破壞終於被證明是超出了必要的。「五四」時期的「解放」，就包括了由鄉土中國、小生產者社會，由農民式的審慎安分卑微心態的解放，由市民傳統的常識經驗處世之道的解放，從東方哲學和東方式人生的拘限中的解放。新的地平線也只有在這種破壞與沖決中，借助於詩人們狂放的激情抒發才清晰地呈現。故而 20 年代周作人那些關於「生活之藝術」的嘮叨，不能不是自說自話，儘管說得聰明，且不無道理。正是在這種破壞聲中，老舍對北京人的生活藝術用了輕嘲口吻。直到 40 年代寫《四世同堂》，出於故園之思和不同於「五四」、30 年代的文化氛圍，才放縱情感地寫北京的四時果蔬及其它人生享用。

即使「五四」式的狂飆，也不足以顛覆幾千年築就的文化巨構。《女神》問世後，連它的作者也難以為繼。中國是這樣的中國，詩終究拗不過現實的力量。「五四」運動是知識者的運動，詩人的狂呼幾不能達於普通小民的聽聞。仍然是魯迅，更清醒地意識到文學力量的限度，功能的邊界。當年那些摩羅詩人們決想不到，要到半個多世紀之後，才由經濟改革開路，出現了文化大規模重構的歷史契機；他們自然也未能逆料這重構過程的複雜艱難，其間極難估量的文化得失。即使文化解體也暫時無妨於京味小說作者寫小酒館，這又是為「五四」詩人不能想見的新時期的文化寬容和多種文化價值取向。在紛亂世事中，並沒有人驚訝於京味小說作者的選擇，驚訝於當代京味小說憑藉其文學選擇渲染出的文化的寧靜。

前文說到北京人在找樂中追求的更是個人的內心滿足，這裏還應當說，既生存於社會，滿足個人的，總是一些非個人的條件。聊天固然娛人自娛，票戲更自娛而又娛人。唱、做是要有聽眾、觀眾的。這種場合所能收穫的，無非是個人表現欲的滿足。但滿足表現欲又確實更為自娛；非關政治，非關利欲，樂的首先是自己個兒。因而北京大小公園才至今仍有如《北京人．二進宮》所寫那一景，無論唱曲的還是聽曲的都一派悠然，最風頭的行為偏偏透出散淡神情也最是北京人的風神。

在現代人眼裏更奇的，怕要算舊北京流行的「走票」吧。追求精神滿足如若不達於下述極端性，還真不足稱特異呢。據夏仁虎的《舊京瑣記》，清末北京二黃（即京戲）流行，「因走票而破家者比比」。其中很有些故事。「內務府員外文某，學戲不成，去而學前場之撒火彩者。蓋即戲中鬼神出場必有人以松香裹紙撤出，火光一瞥者是也。學之數十年，技始成而钜萬之家破焉。又有吏部郎玉鼎丞者，世家子，學戲不成，憤而教其二女，遂負盛名，登臺而賣藝焉。日御一馬車，挾二女往返戲園，顧盼以自豪」（第 105 頁）。用時下的北京話說，他們「暈這個」！旗人貴族還有「子弟班」，「所唱為八角鼓、快書、岔曲、單弦之類」，「後乃走票，不取資，名之曰『耗財買臉』」（第 106 頁）。

不計功利竟至於此；至此卻又極功利，只是所求非錢財而已。

不惜「耗財買臉」的，更是北京人中的旗人，其人生追求的癡處，任情處，是可悲憫又復可愛的。這不是上海的交易所或弄堂所能造成的文化，不是那些講求實惠的近代商業都會居民所能欣賞、認同的文化。他們要的是更實在的滿足，決不如北京人找樂的不切實用。北京人也即以這「不切」，顯示著「大氣」。用了老舍描寫人物的話說，「自然，大雅」。上述耗財買臉之舉，認為「畸態」也好，「怪現狀」也好，「畸」與「怪」中仍可辨認出北京人的特有神情。

這種文化不可避免地在沒落中。當代京味小說的依賴於「老人世界」不妨看做徵兆。當你把京味小說置於其它寫北京的作品構成的大場景中，不難看出那些悠悠然的遛鳥者，小酒館裏自得其樂的酒客，以及小公園裏圍觀如堵中旁若無人自我陶醉的唱曲者，被改革中日益加快的生活節奏、日益浮躁的人心、日益強化的物質欲求，被馬路邊的巨型看板、自由市場的商業競爭者給「古董化」了。老舍作為日常狀態描寫的，只是在這種背景下，才被另一代作家特意抽出。這種鄭重，已經提示著材料在意義上的變化：漸成特例，須細心抽取的文化例證。會否有一天，這些北京人也如香港街頭的遛鳥者，只令人感到滑稽？當代京味小說描寫愈精緻，愈苦心經營，作品愈古色古香，愈包含這種「兇險的暗示」。歷史演進引出的文化後果，其意義從來不都是正面的。這兒有歷史為其「進步」所索取的代價。有鑑於此，《安樂居》的結句才那麼突兀，透著點惆悵：

> 安樂居已經沒有了。房子翻蓋過了。現在那兒是一個什麼貿易中心。

依然那麼乾淨，一個多餘的字也沒有。你卻禁不住久久地想，那些老頭兒們和他們的那點「樂子」呢？

「找樂」的不同層級及其溝通

前文中的說法不免混淆，比如把文化後果與成因混淆了，也把不同人賦予「找樂」的不同意義混淆了。我似乎過分著眼於「普通北京人」。即使當代京味小說所寫，也有並非「普通」的北京人，和他們的近於無限度無節制的享樂。

不必諱言，古城風雅在相當程度上，繫於晚清貴族社會的習尚。北京人的閒逸，他們的享樂意識，他們的雖不奢侈卻依然精緻的生活藝術，直接或間接地源自清末以來上層社會的奢靡之風，與旗人文化在市井中的漫漶。此類現象，衰世皆然，發生在清末的或非特例。但有清一代大規模的文化建設，清王朝覆滅前歷史陣痛延續的長久，都足以使得享樂之風大熾，流風所被，廣泛而又深遠。

寫清代貴族的佚樂和享用的豪華，《紅樓夢》的描寫已達極致。同時代的筆記稗史，則為這巨著提供了大量注腳：「光、宣間，則一筵之費至二三十金，一戲之費至六七百金。……故同年公會，官僚雅集，往往聚集數百金，以供一朝揮霍，猶苦不足也。生計日促，日用日奢，京師、上海之生活程度，駸駸乎追蹤倫敦、巴黎，而外強中乾捉襟現肘之內幕，曾不能稍減其窮奢極欲之肉欲也。且萬方一概，相皆成風，雖有賢者，不能自異，噫！」[43]盛衰無常，富貴難再。這裏不消說有典型的沒落心態。「晚近士大夫習於聲色，群以酒食徵逐為樂，而京師尤甚。有好事者賦詩以紀之曰：『六街如砥電燈紅，徹夜輪蹄西復東。天樂聽完聽慶樂，惠豐吃罷吃同豐。衜頭盡是郎員主，談助無非白髮中。除卻早衙遲畫到，閒來只是逛胡同。』」[44]官府衙門尚且如此，社會風習更可想見。「貴家子弟，馳馬試箭，調鷹縱犬，不失尚武之風，至於養魚、鬥蟀、走票、糾賭，風斯下矣。別有坊曲遊手，提籠架鳥，拋石擲彈，以為常課。……玩日愒月，並成廢棄，風尚之最惡者」(《舊京瑣記》第37頁)。

貴族社會通常是引領文化風氣者。上有好者，下必甚焉。貴胄之家、豪門子弟耽於佚樂，不免風靡水流，演成普遍習尚。六部燈、廠甸、火神廟、白雲觀，節慶相續，廟會不斷。「大抵四時有會，每月有會。會則攤肆紛陳，士女競集，謂之好遊蕩可，謂之昇平景象亦可」(同上)。時人有詩曰：「太平父老清閒慣，多在酒樓茶社中。」或許正是國勢日衰，外敵憑陵的時候？

即使普遍風習，具體行為也因人而異。貴族有貴族的玩法，平民有平民的玩法。提紅子、黃雀的，與提畫眉、點頦兒的不同，喝二兩燒刀子就一碟豆腐乾的，想必不會是「熬鷹」的正經玩主。《少管家前傳》開篇道：「北京城裏，有這麼句俗語兒：天棚，魚缸，石榴

43 《清稗類鈔》風俗類「以物價覘俗」條，第5冊第2188頁。

44 《清稗類鈔》風俗類「都人之酒食聲色」條。同條解釋說：「蓋天樂、慶樂為戲園名，惠豐、同豐京館名，而胡同又為妓館所在地也」(第5冊第2196頁)。

樹；肥狗，胖丫頭。」接下來就說這不過是「二三流宅第的格局作派。要說那些夠得上爵品的府門頭兒、大宅門口兒麼，可就另透著一番氣度了。」《煙壺》寫主人公未見得出色，其中一節寫九爺的揮金如土，那種亦天真亦專制的行為姿態卻備極生動。越在沒落中越要發揮其豪興，決不肯稍稍失了貴族氣派。

老舍的《正紅旗下》寫定大爺的豪爽闊綽雖不免於誇張，描摹破落旗人貴族的沉湎於玩樂，卻另有複雜的意味。如寫大姐家經濟早入窘境，大姐公公「一講起養鳥、養蟈蟈與蛐蛐的經驗，便忘了時間」。在革命聲起，貴族斷了生計之前，經濟困境是無傷雅興的。「他似乎已經忘了自己是個武官，而把畢生的精力都花費在如何使小罐小鏟、咳嗽與發笑都含有高度的藝術性，從而隨時沉醉在小刺激與小趣味裏。」大姐夫則「不養靛頦兒，而英雄氣概地玩鴿子和胡伯喇，威風凜凜地去捕幾隻麻雀。……他的每只鴿子都值那麼一二兩銀子；『滿天飛元寶』是他愛說的一句豪邁的話。他收藏的幾件鴿鈴都是名家製作，由古玩攤子上搜集來的。」

又沉痛又憐惜，老舍何嘗真的對這種行為深惡痛絕！在封建時代，除民間外，藝術通常是由統治者中沒有出息的子弟們創造的。老舍早在《四世同堂》中，就半是譴責半是憐惜地寫到稟賦優異的旗人「使雞鳥魚蟲都與文化發生了最密切的關係」。旗人好玩，會玩。北京像是特為他們備下的一個巨型遊樂場。他們不但窮盡了已有的種種遊樂，也窮盡了當時人的有關想像。關於旗人對享樂的投入和創造熱情，《紅樓夢》的描寫幾無以復加，而且你得承認那種才秉與享樂傾向在造就《紅樓夢》的作者上發揮過的功用。

匱乏經濟下被旗人貴族發揮到極致的消費型文化、享樂藝術，其豪華奢靡處，與「匱乏」適成反照，其平易俗常性質，又像是對於匱乏的由審美方面的補償。至於胡同裏更為世俗的生活藝術，則幾乎是胡同生活中的僅有光、色，這光色使貧乏庸常較易於忍受。到得貴族為歷史所剝奪，僅余了「文化」，那種「藝術」更成為痣疣一樣的外在標記。優異稟賦，藝術素養，反而深刻化了悲劇性。至於因一代貴族的淪落而有人的再造，同時使其文化民間化（如《四世同堂》中小文夫婦的終於賣藝），個人悲劇由歷史文化的發展取得補償，從大處看，更難言幸與不幸。「大清國」或許是「玩」掉的，「玩」本身卻非即罪惡。何況有對歷史承擔不同責任的旗人，和其賦予生活藝術的不同意義。或者可以說清末貴族的奢靡有罪於歷史，卻不無功於文化的？

儘管有諸種層級，找樂仍然是北京人生活中最富平等感的場合。「世界上最能泯滅階級界線的遊戲，大約就是下棋」（蘇叔陽：《圓明園閒話》）。找樂大多類此。看板下聊大天的，小酒館裏對酌的，泡在同一間茶館裏的，近於平等。在專制社會，這更是難得的一點「平等」。由此才有悠然，閒逸，有暫時的鬆弛舒張。北京人的特有風度，那種散淡暇豫，是要有餘閒也要有一點平等感才足以造成的，生活也要這樣才更藝術化。

這也自然地溝通著雅俗，使不同層級上依賴不同經濟背景的「找樂」，在使生活藝術化的一點上相遇並彼此理解欣賞。在北京人，這不消說與價值相對論無關，而另有背景。上文已提到晚清宮廷藝術的流落民間，旗人貴族的沒落所助成的北京市民趣味的雅化雖然與民初以來藝術平民化的潮流不同源，卻也不無微弱的呼應。在中國，俗雅之間，本無中世紀歐洲那樣的深溝高壘。俗化、雅化的過程始終在進行。這也屬於文化運動的正常秩序。匱乏經濟既不足以維持雲端上的藝術，以創造文化為己任的文人亦得以時時與民間、俗人互通聲息。至於當代作家，卻不能說未受啟示於新的文化眼光（其中含有對大眾文化的新的價值估量）。「傳統」在這裏，也與新的文化現實、文化經驗遇合了。

「世俗化」本是清末貴族文化的基本流向，「以俗為雅」更有稟賦優異的旗人的文化性格與文化姿態。普通北京市民，「住在萬歲爺的一畝三分地上」，沒吃過豬肉也見過豬跑（《煙壺》），濡染既久，無師自通，便於以俗雅間的調和作成自身風度。這風度也在「生活的藝術」中呈現得最為集中。領略俗中的雅趣，則更有京味小說作者的修養、識見你看，有這諸種條件的輳集，釀出「京味」這種風格不是極其自然的？

對人生痛苦的逃避與生命創造

找樂包含著世故。中國傳統文化向不乏韜晦之術。用之則行，舍之則藏。善藏，幾乎發展成一種藝術。善藏者未見得都遁跡山林，「享樂」有時正被用作政治的隱身術。陰謀者調查政敵有無異志，亦要看其是否沉湎聲色史書上很有這類故事。因而嘯傲山林，在多數時候是一種政治姿態，避禍的法門，尤其在亂世。胡同裏的市民沒有這樣深的用心，卻也善能自我保存。《話說陶然亭》（鄧友梅）寫「文革」期中的北京，公園成為「應運而興，發達得邪乎的所在」，其中不就有這消息？

陳建功有他對「找樂」的解釋：並非「人人順心，各個順氣兒」，故要找樂。樂子之值得找，也因可藉以擺脫某種社會角色所引起的缺陷感，獲得心理補償。「混得不怎麼樣吧，還老想找點什麼『樂子』找找齊」（《找樂》，下同）。這找樂即未嘗不也是小民的小小計謀。小公園裏搭班唱戲，是對未能成「角兒」的補償；酒缸沿兒上神吹海聊，則是對於卑賤社會地位的補償。「混得不怎麼樣，再連這麼點兒樂呵勁兒也沒有，還有活頭兒嗎？」這自然只是一種解釋。

此外，作為中國人人生中的一點變通，也補償了日常狀態中的約束，使常態較易於忍受。這雖不是酒神與日神的精神互補，卻也不失為簡樸易行的補償方式。找樂中的平等感，更是使被社會生活裏的不平等所傷害的人們得到撫慰。一旦聚在豌豆街辦事處文化站，大家就都是老哥兒們，不再有人賤視一個看大門的：「他知道這夥子老哥兒們裏可有的是能人高手。高手怕什麼，都是找樂子來了，誰還能挑誰的理不成？……」

卸卻不合意願的社會角色，卸卻了不合性情的人格面具，即是一種自我心理治療。這裏的一味藥，是「忘卻」：借找樂以忘卻人生痛苦。至於在人生困境中告訴自己：「天底下的道兒多著哪，提個籠、架個鳥、下個棋、品個茶、練個功、耍個拳、遛個彎兒，……」則是中國人常用以自解的另一味藥。心理能力通常也是一種生存能力。自我排遣，自我調適，自我心理治療，正出於生存需要。

尤其老人。或者應當說，上述種種，更是老人的生存能力？「都是這個歲數的人，駱駝上車，就這麼一個樂兒啦！」達觀得叫人酸楚。上文談到變革期中的老人，以其精心構建的老人島，在價值危機中尋求原有文化和諧的良苦用心。即使有北京的寬容大度，這也多少近於構造幻境。「安樂居」不是已不復存在？

因有這背景，找樂中透出夕陽情調，含著一縷悽愴。那個作父親的老人，在心裏抱怨著不理解自己有限需求的兒子：「兔崽子，這一輩子，你且能歡勢哪，可你爸唱那兩口，真真兒的是駱駝上車的樂子啦。」「……就是你的親生兒子，一把屎一把尿拉扯大，他知道你每天晚上去喊兩嗓兒的樂呵嗎？」(《找樂》) 這生存掙扎竟有一種悲壯感，令人想到依依不肯隱去的如血的殘陽。

上文談到的旗人的找樂又何嘗不出於對現實痛苦的逃避？《正紅旗下》中大姐公公父子的放花炮，不也為了使自己忘卻債主子驚心動魄的敲門聲！在大姐公公，「藝術的薰陶使他在痛苦中還能夠找出自慰的辦法，所以他快活」，即使快活得「沒皮沒臉，沒羞沒臊」。尊嚴感過於纖敏是於生存有妨的。王蒙在《活動變人形》裏，極生動地寫了類似的人生現象。

值得注意的是，北京人的玩並不總那麼隨意，無寧說常常顯得過分認真與鄭重。因而有棋迷、戲迷，有走票者的沉迷耽溺，近於藝術創造的迷狂狀態：「『暈』在裏邊」。由京味小說看，遛鳥有遛鳥的鄭重，遛早有遛早的鄭重。灑脫而又認真，閒散而又鄭重，更是有教養的市民的生活藝術。就其鄭重與認真而言，這不是玩生活，不是混世，甚至也不只為消愁解悶。其中有創造欲，生命創造、藝術創造的熱情。有癡迷、鍾情處，就有了人性的深，生命的深。這兒又令人感到北京人生存的堅實，北京人性格的非中庸（即非「亦」、「又」、「之間」）。

即使看似荒唐的文化運算式也仍然可能蘊有積極內容的。寫到這兒，我想到了一個小說人物，《封片連》中的「大玩主」司徒懷。此人無所不玩，「還都要玩到淋漓盡致」，翻新出奇。這或許不便說是在創造新的生命意義，至少可以說創造著新的生命體驗。那充滿豪興的找樂中，令人觸到的，是活力滿溢到四濺的生命之流。當小說寫到人物「玩命」時，即使你是一位道德家，你也不能不莊視之。這是不必也不適於道德評價的場合。「瞧著這位拿命來玩的，個別健兒（指體育健兒引者）似乎悟出點什麼：那真能為地球爭光的，八成得是人家這種以苦練當玩樂的主兒⋯⋯」在生活的普遍平凡庸常中，真能驚心動魄的，是那咬住了不放死生以之的癡情與沉酣，對生命快樂、自身生命力量的沉酣。

司徒懷不同於那些找樂的胡同人物。或許老年間玩票、熬鷹者神情約略近之？即使那一種玩，在當今胡同裏也不傳久矣。司徒懷所顯示的，根本是一種不同於中國人傳統人生的境界，全然不同的對於個體生命的態度。不是有限滿足，不是平衡機能，不是人生點綴，而是整個生命的投入，是賭徒式的狂熱，為獲取一種生命體驗的冒險，孤注一擲。這「樂子」是傳統的北京人不能想見也不會去企求的。在作者筆下，與死神對面的司徒懷竟像個從容赴義的英雄。比較之下，那些個集郵的、倒騰郵票的和出於財產貪欲覬覦珍郵的主兒，都顯得太閒逸或太猥瑣了。司徒懷以其淋漓盡致不惜生命一擲的大玩，使那些人物見出蒼白來。這種對比是否也有助於我們更恰如其分地理解當代京味小說所寫北京人的「生活的藝術」？

六　方言文化

北京人與北京話

北京人對其「說的文化」的那份自豪，那種文化優越意識，一如對其「吃的文化」。這一點也像法國人，法國人對法國菜與法國話的自豪與優越感。不過據說由於美國的文化滲透，法國人的語言自豪正在日益喪失。北京城雖有「英語角」，這一種危險卻還遠不是現實的。

說與吃同樣依賴於口腔運動。「民以食為天」，人是符號動物，可知吃與說是最基本的文化。這倒讓人驚訝於如上的文化自豪與優越意識的稀有。人們的文化憧憬過分地被龐大而耀眼的東西吸引了。北京人與巴黎人，卻保有了上述最基本的文化感情。與飲食文化一樣，方言藝術也要閒適悠然才能造成。「說」這種行為曾經是包括王公貴族和里巷小民在內的北京人的重要消閒方式，以至聊天（「海聊」、「神聊」、「神吹海哨」、「侃大山」等等）與提籠架鳥一樣，竟也成為北京人的典型姿態，易於識辨的特殊標記。這一方面，北京之外，惟有以其方言而自豪的四川人著名的「擺龍門陣」差堪比擬。近聞有人批評四川人的語言陶醉出於「盆地意識」，尚未見有對北京人的類似批評。

北京人如珍視其文物古跡、珍視其胡同四合院一樣，珍視北京話。關於北京的懷鄉病，竟往往也由於北京方言的魅力。林海音那一組「城南舊事」使用方言處，即可看出這樣的心理背景。北京記憶也非賴有北京話、北京方言才有可能真正復活。聽覺記憶在這裏也如味覺記憶一樣頑強。

《京華煙雲》極寫北京人語言之美，寫女主人公木蘭「聽把北京話的聲韻節奏提高到美妙極點的大鼓書」，並從日常說話，「不知不覺學會了北京話平靜自然舒服悅耳的腔調兒」。[45]這語言之美在林語堂看來，是北京文化價值攸關的重要部分。

文化優越意識簡直可以看做北京人作為京城人的一方徽記。更妙的是，京味小說在由這一方面呈現北京人時，也感染了、分有了北京人的語言陶醉。《「四海居」軼話》（鄧友梅）寫人物說著「一口嘣響溜脆的北京話」，「一口京片子甜亮脆生」。這「嘣響溜脆」、「甜亮脆生」較之其它，更是人物作為北京人的身份證、資格證書。[46]《索七的後人》（鄧友梅）中的人物則說「北京當然是好地方。甭別的，北京人說話都比別處順耳。寧聽北京人吵架，不聽關外人說話」。未免偏執，卻也正是北京人的聲口。《四世同堂》寫韻梅：「小順兒的媽的北平話，遇到理直氣壯振振有詞的時候，是詞彙豐富，而語調輕脆，象清夜的小梆子似的。」很難想出比「清夜的小梆子」更醒神且含著愛意的形容了。《正紅旗下》寫那個完美到近乎理想的漂亮人物福海，也不忘強調他的「說的藝術」，說的藝術幾成為「漂亮人物」的必具條件。「至於北京話呀，他說的是那麼漂亮，以至使人認為他是

45 張振玉譯本，下同。徐《舒舍予先生》一文說：「林語堂很喜歡老舍在文章上運用道地的北京話。」載1969年8月1日香港《知識分子》半月刊第34期。

46 梁實秋在《丁香季節故園夢》中說到因自己的北平話「不純粹」，作為北平人「還不夠地道」。

這種高貴語言的創造者。即使這與歷史不大相合，至少他也應該分享『京腔』創作者的一份兒榮譽。」（著重號是筆者加的）這類文字有時令人疑心作者在藉端表達他本人的文化優越感。

上述語言陶醉中，有更樸素更基本的文化認同，其心理又非惟北京人所有。於梨華《傅家的兒女們》寫留美華人傅如曼在異國使用中文，「立刻覺得渾身舒服起來」。她想不通「一個人怎麼可能在別一個國家住上這麼些年？怎麼忍受得了說上二三十年的英文，不是自己的語言？」民族感情是賴有一些瑣細經驗維繫的。它在這「瑣細」上才顯出切實可靠，是人的感情。這或也是使但丁使用杜斯加尼方言寫作《神曲》的感情（但丁在去世前不久寫了《俗語論》）？同類感情則使得離開了蘇聯本土的詩人布羅茨基宣稱自己「是屬於俄國語言的詩人」。語言是語言共同體文化的組成部分，反映著其所由產生的特定人群的生活方式和思維方式。語言對於文化感情的維繫，或許比之任何其它因素都更能持久與強韌。

北京方言是北京文化、北京人文化性格的構成材料。《京華煙雲》借人物感觸寫到「北京的男女老幼說話的腔調兒上，都顯而易見的平靜安閒，就足以證明此種人文與生活的舒適愉快。因為說話的腔調兒，就是全民精神上的聲音」。雖有國粹派氣味，但由北京人說話的「腔調兒」推知其情態心境，卻是極細心的。說著一口脆滑響亮的北京話的北京人，其北京話既傳達著呈現著也在某種程度上規定著其生活與性格。「甜亮脆生」與「平靜安閒」中，有閒逸心境，有謙恭態度，有瀟灑風度，有北京人的人際關係處置，有北京人的驕傲與自尊。北京話中極為豐富的委婉語詞，更標誌著一種成熟的文化，敏於自我意識、富於理性的文化。你甚至會想到，說著這樣一口脆滑的京片子的，是不會舉手對人施暴的。你自然也不大敢指望他投袂而起。因為他是這樣的溫雅聰明，世故得令人不覺其世故，精明到了天真淳厚。北京話完成著北京文化，同時又像是這文化這人文面貌的漂亮裝潢、醒目標籤。它本來也的確是這文化中最易於感知的那一部分。

成熟的有教養的北京人並不喋喋不休（北京人或許比別處人更忌「貧」），節制與審美態度在這裏同樣是「成熟」與「教養」的標誌。汪曾祺的《雲致秋行狀》中主人公的聊天，其趣味純正處最近正宗。「他的聊天沒有什麼目的。聊天還有什麼目的？有。有人愛聊，是在顯示他的多知多懂。劇團有一位就是這樣，他聊完了一段，往往要來這麼幾句：『這種事你們哪知道啊！爺們，學著點吧！』致秋的愛聊，只是反映出他對生活，對人，充滿了近於童心的興趣。」好處就在這無目的、非功利上，由此使聊天近乎藝術行為，當事者也有近於藝術創造的心境。這藝術創造不待說是中國式的，因而語言陶醉中自有理性的節制，不至於忘形爾汝。「致秋聊天，極少臧否人物。」「他的嘴不損。」善言辭，卻不逞舌辯，圖一時快意。「閒談莫論人非」，是世故，也是修養。在主人公，自然也因宅心仁厚。「他的語言很生動，但不裝腔作勢，故弄玄虛。有些話說得很逗，但不是『膈肢』人，不『貧』。」有這些個，才能說「他愛聊天，也會聊」，品味比別人（比如劇團的那位）高著一層。能欣賞這諸般好處的，品味也自不低。「說」至此才成其為「藝術」。[47]在聊天這老北京人的常課上，雲致秋其人可稱全德。除去道德自律不論，其語言趣味，就最得北京人方言藝術的精神。

「說」一旦藝術化，信息傳輸的功能就不再「惟一」。北京人有時使人感到儼然為說而說，為說得漂亮而說對意義並無甚損益的「漂

---

47 這裏也有北京人驚人細膩的道德感。《紅點頦兒》寫養鳥的怕「串音兒」、「髒口」：「聽說，老輩子養百靈，只它學上一嗓子『老家賊』，得，口髒了！就彷彿在街面兒上為人處事，張嘴就帶髒字兒似的，那品格兒登時就得矮下一截子去。」這裏說鳥更說人。

亮」；為了更好地訴諸聽覺，訴諸細膩的語言感覺。「說」由是成為娛樂手段（當然在一定場合）。在這種場合，「說」的心態，也正是享受生活的心態。這勢必有助於提高語言的美學功能。

京味小說不止一處寫到北京人的以「說」找樂（如京俗所謂「逗悶子」），自娛娛人。這也是對於物質匱乏的精神文化的補償。以「逗」為樂，得到類似於喝豆汁、杏仁茶的滿足感，生理與心理的安適。較之豆汁，更是隨處可得的滿足寫到這裏，才補足了上文所談的北京人的生活藝術。談北京人的生活藝術而不及於其以「說」找樂、語言陶醉，是必不能充分的。說的藝術，其條件，其心理內容，其美感效應，應當比之別的更有利於說明北京人「審美的人生態度」。[48]

「說」作為藝術行為最值得注意之點，在「說」的方式（怎麼說）被提到了「目的」的位置上。這裏有某種市民的「形式主義」。因而北京話並不總以簡潔、經濟為美，其「味」倒是常常要由冗餘成分、剩餘信息造成的。廢話不廢，是在美學意義上，在美感效應上，在語言行為作為藝術活動的條件、情境上，倘若不避庸俗社會學之嫌，這或者也是宗法制下的生活所培養的美感趣味？說者追求「味兒」，聽者於得信息外，也得其言語中的「味兒」，從而語境、語感等等一併受到注重。附件擠入了主體，外在條件實質化了。有時更是語言技巧重於語義，不惜為了說得聰明、俏皮而犧牲點效用亦合於北京人天性中的慷慨大度。這兒有一種特殊的語言功能觀。「說」的成為藝術，自然賴有那些不但賦有語言才能，而且特具審美能力，說而求

48 並不寫京味小說的王蒙，其對於伊犁人語言技巧及諧趣的領略，也像是出於北京人的教養與文化敏感。「維吾爾族，確是一個講究辭令和善於辭令的民族」(《在伊犁》之五《葡萄的精靈》)。就王蒙提供的描寫看，維吾爾人的炫耀辭采，口若懸河，其中也有北京人似的語言陶醉和以說為樂的享受態度，不止為了明理、傳達信息，也為表達滿足感、內心歡悅。語言即成為靈魂的閃光的裝飾，生活的明亮的裝飾。

其味，聽而知其味，善能玩味語言、鑒賞語言之美的人們。當然，為說而說，是不免極端的說法。更多的情況下，傳達信息的目的與傳達語言趣味的目的兼重，既實用又非純粹實用：竟也恰合於北京文化的特點！

京味小說使人感到，它們的作者在有關語言功能的理解上，與所寫人物是相通的。汪曾祺曾這樣談到文學語言：「中國現代小說的語言和中國畫，特別是唐宋以後的文人畫的關係是非常密切的。中國文人畫是寫意的。現代中國小說也是寫意的多。文人畫講究『筆墨情趣』，就是說『筆墨』本身是目的。物象是次要的。」[49]

在文學語言問題重新重要起來之先，京味小說作者以其創作所表達的有關見解或也可以認為是一種「超前」？京味小說語言不大追求信息量，它以味勝，背後是對於以語言本身作為審美對象的接受期待。有時也不免於「玩兒」文字，「玩兒」話語。你由小說文字間，確也讀出了北京人式的語言陶醉，以說得漂亮，以能自在地驅遣文字為樂事的享受態度。陶醉於所運用的語言的質料之美，復又陶醉於自己加工創造的語言能力，陶醉於結果更陶醉於過程「寫」的自娛性質。這種語言意識和創作狀態有助於造成作品特有的輕鬆感，「幽默」也賴有同一心態而產生。因上述種種，作品文字給予你的審美愉悅補償了其它，如內容的瘦損、形象的單薄平面。凡此在目下也許已不值得特為指出，但在老舍創作盛期的三四十年代，在當代京味小說創作勃興的 1982、1983 年，都應當是值得注意的文學語言現象，雖然始終並未以此引起足夠的注意。

在如張辛欣、陳建功這樣的青年作者，北京方言活躍的再生力，所擁有的表現力，確也成為了他們創作風格的倚託。由所負載的信息

---

49 汪曾祺：《關於小說語言（札記）》，《文藝研究》1986年第4期。

與負載信息的方式，透露出文化意識的自身矛盾，是青年作者那裏通常可以見到的情況。而在汪曾祺、鄧友梅，「認同」是在形式與內容、語言及其負載的「文化」的同一中充分呈現的。你又在這裏具體地觸到了城與人。正是「城」不見形跡地參與了「說」，鼓勵著上述語言趣味，以其方言文化助成著作者們的語言陶醉。城在經年累月的文化創造中，創造了關於自己的描述方式。以獨特語言描述北京人的文化存在者，那語言本身又屬於北京人的文化存在方式。

最優越處通常也即最脆弱處，語言優勢正易於成為語言陷阱。說而又不免於「為說而說」，以有冗餘信息而成其為「藝術」，本身即含有一種危險，即「貧」、「油」。故「京油子」、「耍貧嘴」一類批評並非無因。信息載體的語言不以負載信息為惟一目的時，有可能審美化，稍稍逾限即淪於「貧」純粹的廢話。「貧」也是一種語言污染，且最易於敗壞北京話的美感。文化品質高的語言從來都是較為敏感嬌弱的語言，「節制」在北京方言藝術幾乎有了「生死攸關」的意義。「適度」與「過」，京味小說自身即含有標準。在我看來，如《那五》、《安樂居》等，就是因節制而保持了美感的例子。範本並不只在古典作品裏。

語言優勢是一種文化優勢。北京人的語言優勢多少也是賴有「京華」的絕對優勢地位造成的。金克木曾談到《紅樓夢》、《兒女英雄傳》「證明了滿族統治者所推行的北京語的『官話』的文學語言已經不可動搖地要在全國勝過各種方言」。[50]近代史上的上海雖然如暴發戶

50 同文還說：「這種北方普通話的文學勢力到晚清更大。許多政治宣傳品都用這種語言。甚至基督教的《聖經》譯本也通行『官話』本。當然吳語、粵語文學依然存在，但達不到全國。若沒有清代以北京語為核心的白話的詩歌、小說、戲曲發展的量變，『五四』運動以後出現的新文學語言的質變從何而來？語言、文學、政治、經濟的『統一化』差不多是『同步』的。……」（金克木：《談清詩》，1984年第9期《讀書》）關於「官話」，胡明揚編著《北京話初探》（商務印書館，1987）有不同解釋。

般地珠光寶氣，以致把京都襯得更其破落，北京卻依然有上海挾其經濟實力終不能勝過的優越地位。政治文化的大題目姑置不論，單是上海話就決不可能取得有如北京話的「官話」地位和其普及性。這種普及在當代尤其近幾年有更強大的勢頭。其中不可免的有北京的「文化擴張」。[51]多少也因此，在方言文化廣泛開掘的當下，北京方言文學享有非一般「鄉土文學」可比的尊榮。這也鼓勵著北京方言文學藝術的創造熱情並準備了良好的接受條件。當然普及也賴有這種語言的自身條件，賴有它的魅力，它特具的功能。因這文化薰染，久居北京的他鄉作家，往往於不覺間，把京味糅進了別一種「生活」裏，所使用的語詞、句法，以至「說」的神情態度，透入「說」中的語言意識，都隱約有北京的文化滲透。

這就是京味小說作者進行創作的語言環境，其得天獨厚處也如北京人。在北京人和居住於北京的人們中，他們又是對北京方言文化做出最積極貢獻的一部分。他們以北京方言口語為坯料，燒製出最具美感的語言。他們是致力於提純、加工，提高方言品質的創造性的語言工作者。更重要的是，他們以其作品培養了對於這種方言的審美興趣與審美能力。他們作品的成功固然賴有方言魅力，方言魅力又賴有他們的創作而造成。

藝術創造中，以生為新易，以熟為新難。京味小說作者選擇的，是後面這較難的路。正因俗常、熟，使用中更排斥純粹摹仿。這種方言固然助成創造，同時也以其敏感，苛刻地檢驗著使用者的審美能力、語言能力，在他們之間無情地做出區分。創作者創造性的語言運用，是使俗常轉成新鮮的條件。老舍曾發願燒出白話的「原味兒」

51 如報章文字中使用諸如「倒兒爺」、「貓兒匿」，「較真兒」、「沒戲」之類，跡近強行推廣，並不顧及外地讀者能否會意。外國劇作演出時，則可聽到「震了」一類當代北京新方言，且正賴此造成喜劇效果。

來，又說自己所使用的「既是大白話，又不大象日常慣用的大白話」。[52]在白話規範化，文學語言漸有套路、漸成濫調的二三十年代，老舍的北京方言運用，使得語言清新鮮活。這也是一種「陌生化」。俗常、熟識的事物因藝術化使人感到陌生，對其持審美態度。在與「文革」文學的樣板語言、新時期文學一時通行的共用語言的比較中，京味小說的方言運用也同樣因鮮味而令人感到陌生。

蘇珊・朗格曾經說到過彭斯詩作「方言的運用表現出一種與詩中所寫、所想息息相關的思維方式。彭斯不可能用標準英語說到田鼠，甚至注意田鼠時也不能想到它的標準英語的名稱，……」[53]類似情況在我們這裏，大約限於民間創作，比如道地農民詩人創作的那種情形；由於長時期的言、文分離，知識分子採擇方言作為語言材料，意在營造情境、氛圍，他們自己，通常是用另一套語言思維的。老舍甚至不像當代京味小說作者那樣全用方言（除非在人物自述的場合，如《我這一輩子》)。多數情況下，他將所用語言材料因不同情境而區分開來，把人物與他本人關於人物的思考以語言形式區分開來，卻又力求將不同形式的語言銜接得天衣無縫。至於全用方言力求純粹的當代作者，也不同於用方言思維的胡同居民。但話說回來，方言確又有助於他們將思維透入北京文化的裏層，以至像老舍，一旦放棄這種語言形式，幾乎等於放棄了老舍式的主題。在這裏語言正是一種文化系統，包含著價值態度、審美意識等等。它決不僅僅是工具：中性的，冷漠的，對其負載物漠不關心的，無機的。在這一點上不妨說，新文學史上還很少有另一位作者，特定語言材料之於他猶如對於老舍這樣，決定著思維的路向和對於生活的參與方式。在這種意義上是否又

52 老舍：《勤有功》，《出口成章》第130頁，作家出版社，1964。

53 《情感與形式》第251-252頁。

可以認為，方言不僅被用以表達，也用以思維？只不過其間關係並不同於道地「農民詩人」罷了。

方言文化，是京味小說中北京文化的重要部分。新文學自「五四」到 30 年代，都在強調平民化、大眾化，提倡採擷民眾唇舌間的語言，卻並無「方言文學」的明確宣導。[54]文學、文學語言的創造自有其規律，並不必待提倡。老舍之外，沙汀對四川方言的提純運用就很可稱道。使用口語（30 年代張天翼的創作在這方面很有成績）被理解為文藝「大眾化」的具體表現。方言的運用在「大眾化」的總意圖下，缺少負載地域文化的自覺（儘管方言本身即「地域文化」），也難得被自覺作為構造語言個性的材料。雖有助於脫出「五四」以來文學的「新文藝腔」，又有造成另一種「共用語言」的可能一種方言對於其它方言區雖為個性，在此方言區內又屬共性。這多少是一種語言材料的浪費的使用。

在當時，老舍的努力易於被承認的，在豐富現代白話的表現力方面。較之 30 年代流行的「新文藝腔」，老舍使用的，是更依賴語境、特定語言場的語言。其依語境而有的省略、倒裝等等，以脫出嚴格文體規範的靈活性，引進了生動的生活力量。這種非規範的極靈活的語言運用，往往把情節與環境同時說出，造成了豐富的空間印象，使人驚訝於口語的形象塑造力。

---

54 40年代初程白戈序《京俗集》（作者司徒，朔風書店1941年刊行），說：「我生長在古城，相信誰也愛好北地的『方言文學』的。可是在北方文壇上，『方言文學』象孩兒一樣尚未啟蒙；雖有許多小說家，或是文藝工作者們，口口聲聲的隨時想揭開這幕幔，但往往在寫作的中途知難而折回，不能實現這理想，……」他顯然忽略了老舍與老向。

聲音意象與說的藝術

傳統中國人重農輕商，鄙薄商業行為，他們的北京記憶裏，市聲，北京街頭商販的叫賣卻偏能經久，而且所記住的往往並非叫賣的內容，倒是其腔調。近有電視片《燕市貨聲》，即是複製這已失去著的老北京記憶的：對於老北京的聲音記憶。叫賣是市井藝術，構成了北京人日常聲音環境的一部分。叫賣中的聲調運用，對於北京方言的注重聲音形象，不妨看作有幾分誇張、戲劇意味的象徵。

上文所引京味小說關於人物說話的形容，「哺響溜脆」、「甜亮脆生」，以及「清夜的小梆子似的」，強調的都是聲音形象。魯迅曾以「響亮的京腔」與「綿軟的蘇白」對舉，「綿軟」是質感，「響亮」則是聲音形象，概括都精確。京腔的確給人以光滑感（不柔膩）、明亮感（不沉鬱）。它如上所說，響亮，明亮，「脆生」，不纏綿黏膩，不柔靡，其中亦含有北京的文化氣質。京味小說給人的明亮感也部分地賴有其語言：少晦黯不明的情致，少幽深曲折的境界。由另一面看，過於明亮難免少了含蓄。但有那份不可比擬的生動，足可作為補償了。

上引魯迅所說是「京腔」。北京方言是極端依賴於「腔調」的語言。林語堂《京華煙雲》談北京話，首先是「腔調」。老舍寫那個體面的旗人後生福海的善辭令，北京話說得「漂亮」，也不止在措詞得體，而且在腔調動聽：「是的，他的前輩們不但把一些滿文詞兒收納在漢語之中，而且創造了一種輕脆快當的腔調；到了他這一輩，這腔調有時候過於輕脆快當，以至有時候使外鄉人聽不大清楚。」（《正紅旗下》）又是一種北京人的「形式主義」。

強調聲音形象，強調可聽性，腔調的音樂性，強調細膩的聽覺效應，略見極端而又有諧趣的例子即上文剛剛說到的叫賣。清人筆記中的有關記述頗能令人發噱：「京師荷擔賣物者，每曼聲婉轉動人聽聞，有發語數十字而不知其賣何物者。」（闕名《燕京雜記》第 120 頁，北京古籍出版社，1986）「呼賣物者，高唱入雲，旁觀喚買，殊不聽聞，惟以掌虛覆其耳無不聞者。」（同上）以俗見這真乃本末倒置，陶醉於聲音藝術而略失「賣物」的宗旨了。

因「良可聽也」，風味十足，故北京人民藝術劇院有「叫賣大合唱」，傳統相聲有《賣布頭》等。《四世同堂》寫中秋前後北平的果販「精心的把攤子擺好，而後用清脆的嗓音唱出有腔調的『果贊』:『唉一毛錢兒來耶，你就一堆我的小白梨兒，皮兒又嫩，水兒又甜，沒有一個蟲眼兒，我的小嫩白梨兒耶！』歌聲在香氣中顫動，給蘋果葡萄的靜麗配上音樂，使人們的腳步放慢，聽著看著嗅著北平之秋的美麗。」這種藝術並未全然失傳，而且由當代作家接續著搜集到了：「……最動人的，並不是這些國營商店也許有、但擺得不那麼顯眼的貨，而是叫賣聲。最新、最時髦的發聲方式，是這個城市的年輕人劃拳時不知怎麼就改了風味的，從酒桌旁邊、胡同牆根底下來的腔兒。這發音吐字，講究底氣足，卻又不張嘴，氣憋在軟齶和喉頭之間，於是，字與字之間像是加了符號，長短不一，表面上有點兒懶洋洋的，實際上更透出一股子經蹬又經拽、經洗又經曬的韌性來。滿街就聽這一種吐字發聲帶著運氣的叫賣了:『嘿！瞧一瞧吶看一看，寶貝牌兒皮鞋，小寶貝牌兒小皮鞋，一對夫妻一個孩兒，小寶貝牌兒小皮鞋嘞！』……」(《封片連》)

老式叫賣講求韻味，音樂性，以曲折婉轉動人聽聞，新式叫賣更炫耀「說」的技巧。背後的文化雖不盡同，注重聲音效果則一，為此不惜把簡單的行為複雜化了。說得唱得花哨，諸多點綴、裝飾，未必全為實用；或許也在自娛：競爭中仍有一份閒逸神情。這裏又有功利中的非功利。商業活動自然可以使用廣義的「藝術」，如「商業藝術」、「經營藝術」，但在上述情況下，「藝術」像是更在其本來意義上。

對聲音因素的偏重相對削弱了達意功能，卻又強調了漢語本有的會意性不全借助詞義分析，也借助於聲音感覺去領悟意義。北京方言尤其新方言有時近於單純的聲音符號。你可由聲音會意，卻難由語詞讀出明確語義。這種語言要求相應的語言場，如同舞臺藝術一樣依賴於現場反應、交流，因而有其限制，卻也就有利於保存話語的主動性。焉知語義的非確定性不也會使話語擴張意蘊呢。

這是一種淵源古老的聲音文化，聽覺文化，其中存儲有人類文明發展中失落了的一些東西。30年代瞿秋白批評「五四」以後創作中通用的「新式白話」，說「各國人都說讀報，中國人卻說看報。中國文言的文字，無論文體怎樣變化，都是只能用眼睛，而不能用耳朵的」。至於「新式白話」，「仍舊是只能夠用眼睛看，而不能夠用耳朵聽的。他怎麼能夠成為『文學的國語』呢？」（著重號係原文所有）[55] 對語言的聽覺效應、聲音形象的忽視，是文明民族的共同性現象。我們承受的是語言文化演進的一般結果。[56]

人類幼年時期曾經有過極其發達的有聲語言，其聲音的功用足以使高度文明的現代人驚奇與慚愧。「魏斯脫曼（D. Westemaun）說，埃維人（Ewe）各部族的語言非常富有借助直接的聲音說明所獲得的印象的手段。這種豐富性來源於土人們的這樣一種幾乎是不可剋制的傾向，即摹仿他們所聞所見的一切，總之，摹仿他們所感知的一切，借助一個或一些聲音來描寫這一切，首先是描寫動作。但是，對於聲音、氣味、味覺和觸覺印象，也有這樣的聲音圖畫的摹仿或聲音再

55 瞿秋白：《鬼門關以外的戰爭》（1931年5月），《瞿秋白文集》（二）第642頁、第644頁。人民文學出版社，1953。

56 尼采說：「我們已經脫離了線與形的象徵，我們也荒廢了修辭的聲音效果，從出生的第一刻起，我們從文化的母乳中就不再吸取這些品性了。」（《出自藝術家和作家的靈魂》，《悲劇的誕生》中譯本第205頁）。

現。某些聲音圖畫與色彩、豐滿、程度、悲傷、安寧等等的表現結合著。毫無疑問，真正的詞（名詞、動詞、形容詞）當中的許多詞都是來源於這些聲音圖畫的。實在說來，它們不是形聲詞；它們多半是描寫性的聲音手勢。」[57]這是付出了極大代價才獲得的人類能力，其得而復失也應是文明總體進步中局部退化（或曰「失落」）的例子。

書面語勢力的擴張使得即使在「說」的場合，人們也不再分心留意語音、腔調。那種淵源極古老的文化卻以殘餘形態留在了俗眾的口頭語言裏。北京話不是惟一的注重聲音形象的方言，卻也稱得上其聲音形象最為文學藝術所珍視的方言。在這一方面，即使不是最有魅力的，也是最得天獨厚的。

對於話語的聲音形象的敏感也要有餘裕才能造成。最理想的仍然是京味小說作者所格外垂青的老北京人閒聊的場合。「在閒聊中，言語僅限於它的交流感情的功能，失去了它的語義效能的參照功能：人們為說話而說話，象交換東西（財物、女人）那樣交換詞句而不交換思想。」[58]《離婚》寫李太太與丁二爺間的閒聊：

> 「天可真冷！」她說。
> 「夠瞧的！滴水成冰！年底下，正冷的時候！」他加了些注解。
> 「口蘑怎那麼貴呀！」李太太歎息。
> 「要不怎麼說『口』蘑呢，貴，不賤，真不賤！」丁二爺也歎息著。

我這裏是反其（作者）意而引用的。老舍本為嘲諷北京人的廢話；「廢話」由另一面看，也不盡「廢」。沒有增添任何信息量，卻增厚

57 〔法〕列維靄布留爾：《原始思維》中譯本第157-158頁，商務印書館1985年版。
58 米蓋爾・杜夫海納：《美學與哲學》第117頁。

著人情。同書中房東馬老太太對剛搬入的老李一家的叮囑，描摹北京老人說話的聲口，更極其傳神：「……孩子們可真不淘氣，多麼乖呀！大的幾歲了？別叫他們自己出去，街上車馬是多的；汽車可霸道，撞葬哪，連我都眼暈，不用說孩子們！還沒生火哪？多給他們穿上點，剛入冬，天氣賊滑的呢，忽冷忽熱，多穿點保險！有厚棉褸啊？有做不過來的活計，拿來我給他們做！戴上鏡子，粗枝大葉的，我還能縫幾針呢，反正孩子們也穿不出好來。明天見。上茅房留點神，磚頭瓦塊的別絆倒；拿個亮兒。明天見。」一篇「老媽媽論」，說不上「漂亮」，可又有怎樣的曲折生動，細密周至！對「聲音效果」（經由閱讀中的「聲音想像」）的追求，使人物的囉嗦絮聒也自有味。實際生活中你或許不勝其煩擾，上述文字卻令你讀之忘倦。

京味小說選擇聊天一類場合，使得人物的語言技巧不像是一種奢侈。他們更有意造成特定語境，使他們本人的語言陶醉同樣出諸自然。雖不能直接訴諸聽覺，卻在無聲中追逐和逼近了「說」的效果，調動讀者的聽覺，產生近似的聽覺效應。

於是京味小說使自己北京人似的依賴說與聽之間的默契交流也算得一種「現場性」吧。藝術創造中限制的設置常能提高藝術要求，是使藝術朝工細一路發展的條件。本書所涉及的幾位寫北京的作者，都長於「說」。張辛欣有時跡近神聊，一壺茶，一個馬紮，胡同口或院門外的閒話。劉心武則時而近乎教員的誨人不倦的解析，掰開了揉碎了的說。鄧友梅的神態最見從容，說得悠然。「說」的態度也是有效地最大限度地利用方言的條件。因而上文所說「筆墨趣味」不免泛泛。他們所追求的，比通常的「筆墨趣味」更多著一些東西。

北京人將說的話和書面語區分得很清楚，管後者叫「字兒話」。說話中的字兒話在胡同環境中是叫人覺著彆扭的，酸，不親切。有趣的是，明清皇上的御批常用口語，有的即是當時的北京話。北京人

「說的藝術」中，有滿族人、旗人的文化貢獻。[59]「旗下人」工於應對，其語言藝術的發達或也與禮儀文明有關？清末筆記稗史就記有旗人貴族落魄到操「賤業」，仍能以語言的輕鬆俏皮作為教養的證明。說的才能於是成為他們惟一不能被剝奪的財產。這裏又有以一代貴族的沒落為代價的文化創造。

因這種方言的精緻，特具藝術品性，用了它固然可敷演長篇，它卻像是天然地更宜於小品。即使老舍的長篇，如上所說，也很少是全用方言且一說到底的。兒化太多，有時也使文體顯著「飄」，甚至讓人膩味。陳建功的小品《開膛》稍嫌過火；老舍寫於 1958 年的《電話》，近於單口相聲，至今讀來仍令人忍俊不禁。篇製短，即自有節制，易於避免油滑，貧。說的藝術，也隨之更講究。截取一景，沒有別的東西弔胃醒脾，只有語言作為憑藉。這種作品中，不一定有多麼驚人的事兒。以事兒驚人的，反而像是不大懂得這語言的好處。

文化多元與新方言

談北京方言藝術不由《紅樓夢》談起，像是不大對得住這麼好的題目。說的藝術，《紅樓夢》裏俯拾即是。範例太多，反讓人無從說起，還是請紅學家去談。我把範圍限定在現當代文學亦便於藏拙。此外，我們關心的畢竟是還活著的北京方言藝術。不知有無研究者統計過，《紅樓夢》中的北京方言有多少尚在流通？較之書面語，方言是有再生能力、易於產生與消失、因而更其靈活的語言。《舊京瑣記》列出的當時北京方言，有些即已不聞於人們口頭；另有一些則因早經

59 胡適《五十年來之中國文學》論及《兒女英雄傳》，說「《兒女英雄傳》的思想見解是沒有價值的。他的價值全在語言的漂亮俏皮，詼諧有味。旗人最會說話；前有《紅樓夢》,後有此書，都是絕好的記錄。」(《胡適文存二集》卷二第169頁，上海亞東圖書館，1929)

通用，俚語不俚，失卻了方言性質。

北京城向來五方雜處。本書所說的北京方言，從來不是全體北京人共用的語言（即使「共用的口語」）。[60]元、清兩代，蒙滿族入主，使北京話語源繁雜；京師「各方人士雜處」，又以方言及身份地位職業文化圈造成諸多語言差異，證實著語言學家薩丕爾關於語言非「自給自足」的論點。[61]京味小說的使用北京方言，首先出於藝術上的考慮。意圖與方法互為因果，語言選擇也規定著描寫對象範圍的選擇。這裏有兩個方面的事實尤應引起注意：第一，京味小說運用北京方言，生動處常在寫胡同中低文化層次居民的場合；第二，京味小說中的方言純潔性，在不少情況下是賴有對胡同老人的描寫維持的。後一方面我們已經談到過了。當然不應徑值得出結論：北京方言是由北京城文化水準相對低下的那一部分居民和胡同老人使用的語言。但這結論中又不無真實。即使《籬下集》，也以寫底層的篇什（如《印子車的命運》等）京味更濃，其京白更有風格意義。下文就要說到的新方言的創造，固然證明著北京方言的生命力、再生能力，上述對方言使用範圍的估計，卻又提醒著方言在使用中功能漸就萎縮的事實。互為矛盾的材料解釋著變動不已的北京文化。方言文化的歷史命運，在最具魅力又尚存活力、再生能力的北京方言這裏得到的說明，也許是最具權威性的？

即使你不大情願，也不妨承認，這種魅力十足的文化，在相當程

60 說「北京話」，也如說「北京人」，都多少出於表達的困境，不得不時時限定、補正。這也說明著有關現象的難以簡單概括。關於「北京話」，胡明揚所著《北京話初探》有更嚴格的界定。

61 《舊京瑣記》：「京師人海，各方人士雜處，其間言龐語雜，然亦各有界限，旗下話、土話、官話，久習者一聞而辨之。亦間攙入滿、蒙語，……又有所謂回宗語、切口語者，市井及倡優往往用之，以避他人聞覺。庚子後則往往攙入一二歐語、日語，資為諧笑而已，士夫弗屑顧也。」（第44頁）。

度上，確是賴有較少文化的那一部分北京人而存活並與時變化隨時再生的。[62]它在高文化層次的那部分人中首先失去了（或者從來沒有獲得過）使用價值。這可以歸因於民間一向活躍的語言創造。方言在特定文化圈中的流通與發展，是否也是對低文化水準（包括低書寫能力、書面表達能力）的補償？另一方面的事實同樣有趣：人們從小說中，由舞臺、銀幕上欣賞到的北京方言，恰是作為非使用者的那部分人為了別的目的而使用的。偏偏這部分人更能領略北京方言的美感；他們的語言感受也正得自「非使用」（或曰「非實用」）、非使用者的那種品味鑒賞態度。據此或許可以預言方言的漸就「特化」。其在生活中縮小地盤的同時，倒有可能在文學藝術中更加流行起來，藉此保持品質並延續生命。這又是一種雙向的交流：京味小說、影視戲劇由方言汲取語言活力，方言則因文學藝術而提高審美價值，借助於大眾傳播媒介擴張其生命。

方言從來是屬於特定生活、以至特定生活情調的。它在沿革存廢中發展了適用性，而且越高度發展，其適用範圍越嚴格。這一點現在更其明確了：京味小說的常常選擇老人世界，既因不得不然，也因對方言適用性的自覺利用。在文學中，筆調本身也是「生活」，是「生活」的質地、顏色。方言則一方面注定了要與它所適應的「情調」同命運，同時又有自個兒的歷史，有它作為「語言」的命運。

方言在與生活同時得到改造時，它是思維方式改變的結果，同時是其改變的條件。再也沒有什麼比之每天耳聞口說的語言的非方言化、方言的非純粹化這廣泛的語言事實，更明白無誤地說明著老北京的文物化、古董化的了。我又想到口述實錄體的《北京人》。其中

62 老舍小說中話說得最有味的，是市井婦女，馬老太太（《離婚》）、虎妞、女傭高媽（《駱駝祥子》）等。即使車軲轆話、粗話，出諸這等人物之口，也一波三折，極富技巧。

《第三次浪潮》等篇的口述者，是完全用方言以外的語言思維的。你也看明白了，方言壓根兒不能適應那種思維要求。那口述者也可能是北京人老北京人的後代，或出生、成長在北京的新北京人。但他離胡同很遠很遠。對於傳統的胡同居民，他是陌生人。或許比之拖著提包行囊的外地旅遊者距他們更遠更陌生。

「新方言」則是另一重要事實，其中有胡同文化對變化著的文化現實的適應。它有力地表明著北京方言尚非化石，尚有吸收其它語言材料的彈性，有正在被不斷地創造出來的表現力在這一點上不同於僻遠鄉村的方言土語。正是新時期活躍的語言創造，使得北京人的語言生態足以引起注意。前此的較為穩定的語言狀況反而妨礙了對其作為語言學課題的研究。考察北京方言文化，除須注意不同文化圈層、不同語言區域等空間切割外，還須注意胡同文化、北京方言因時變化的時間性演進。「新方言」的普及速度是驚人的，這使你對與方言絕緣的北京青年，又會有一種憂慮。對於表達方式的漠不關心，表達方式的規格化、單一化，將使北京人的後代失去他們的前輩引以自豪的語言感覺與語言能力。又是文化的流失，文化在豐富中的流失。《北京人》中知識分子口述者的口述，更多理性，更少情致；更多意識自覺，更少表達的自覺，語言的自覺；更多思想，更少、更稀薄化了文化趣味。內容是一切，怎樣說是無關緊要的。即使這如京劇曲藝等藝術形式的衰落一樣是必然之勢，你仍禁不住擔憂。

新方言的創造與使用中，也有文化流失，胡同文化中舊有語言趣味的喪失。上引張辛欣小說寫到北京攤販叫賣時古怪的聲音運用話語正是這樣「不知怎麼就改了風味的」。新的、常常是毫無規矩可言的構詞法，新的語源以及新的發聲方式，於不覺間改變著方言的文化意味。味兒、腔調的改變是最致命的。不講文法，不論規則，莫名其妙，野腔無調卻偏易於流行。方言的存廢繫乎時尚。並非粗糲總等同於雄健，如一些人一廂情願的那樣。在失去了優雅，失去了大量的委婉語詞，和包含其中的細膩的人情內容之後，並不就會有更剛健的文化即刻生長出來。不必諱言北京話的粗野化，粗俗化。如果說北京話曾是北京文化的醒目包裝，那麼形式的變化正與內容同步。你看到了舊有禮儀文明的消逝造成的暫時空白。我們上文所說北京話的溫雅漂亮，決不是許多在京城飽受白眼，聽夠了公共汽車上伶牙俐齒的搶白的外地人的印象。但文學的語言運用卻又有其自己的效應。《滿城飛花》中張口閉口「派」、「份兒」的主人公的確是胡同裏的當代英雄，那滿口的流行用語、新上市的北京方言，也確實渲染出一片熱鬧，讓人感得「火辣辣的」。這類語言材料使得有關作品自然消褪了傳統京味小說的恬淡神情，更坦然更熱烈地貼近著變動中的生活，流轉不已的世界。

說「新方言」或不免於誤解。這裏並沒有北京方言構成上的根本變化。變化是局部的，漸進的。在更多的情況下，新的語言材料組織進方言中，如零件、添加劑；雖然它們引起的變化終會演成根本性質的。納入的新材料仍語源繁雜，注重使用中的約定俗成，而不講求語義的明確性；強調聲音效果，強調意會，卻又確實傳達著陌生的文化信息，呈現著新鮮的語言、生活世界。

本節誇張地使用了「方言文化」的提法，適足以令讀者失望。這裏非語言學分析，也非方言學分析那些分析都賴有更專門的知識。我所能做的，是就文學作品提供的材料，研究與北京方言有關的文化現象，如北京人的方言意識，他們「說」的行為，「說」的藝術，「說」背後的心理內容等等；並把說方言時的北京人，與其它場合的北京人聯繫起來考察。這些或許是惟文學（而非方言學、普通語言學）能提供的。

當代名家叢書・趙園選集 A0502001

北京：城與人 上冊

作　　者 趙 園
責任編輯 蔡雅如

發 行 人 林慶彰
總 經 理 梁錦興
總 編 輯 張晏瑞
編 輯 所 萬卷樓圖書股份有限公司
排　　版 林曉敏
印　　刷 百通科技股份有限公司
封面設計 菩薩蠻數位文化有限公司

出　　版 昌明文化有限公司
桃園市龜山區中原街 32 號
電話 (02)23216565
發　　行 萬卷樓圖書股份有限公司
臺北市羅斯福路二段 41 號 6 樓之 3
電話 (02)23216565
傳真 (02)23218698
電郵 SERVICE@WANJUAN.COM.TW

ISBN 978-986-496-046-0
2017 年 7 月初版
定價：新臺幣 220 元

如何購買本書：
1. 轉帳購書，請透過以下帳戶
合作金庫銀行 古亭分行
戶名：萬卷樓圖書股份有限公司
帳號：0877717092596
2. 網路購書，請透過萬卷樓網站
網址 WWW.WANJUAN.COM.TW
大量購書，請直接聯繫我們，將有專人為您服務。客服：(02)23216565 分機 610

國家圖書館出版品預行編目資料

北京 ： 城與人 / 趙園著. -- 初版. -- 桃園市 ： 昌明文化出版 ； 臺北市 ： 萬卷樓發行, 2017.07 冊 ； 公分. -- (當代名家叢書. 趙園選集 ; A0502001)
ISBN 978-986-496-046-0(上冊 ： 平裝)

1.中國文學史 2.地方文學 3.北京市

802.908 106011661